KB206647

Alice's Adventures in Wonderland

Alice's Adventures in Wonderland

이상한 나라의 앨리스

루이스 캐럴 원작 | 살구(Salgoo) 그림 | 보탬 옮김

1판 1쇄 인쇄 2021년 6월 15일 | 1판 1쇄 발행 2021년 6월 30일

펴낸이 정중모 | 펴낸곳 팡세 | 등록 1988년 1월 21일(제406-2000-000202호)
편집장 서경진 | 편집 강정윤, 윤소정 | 디자인 권순영
마케팅 김선규 | 제작 윤준수 | 관리 이원희, 고은정, 원보람
주소 경기도 파주시 회동길 152
전화 031-955-0670 | 팩스 031-955-0661 | 홈페이지 www.yolimwon.com
전자우편 bbchild@yolimwon.com

ISBN 978-89-6155-906-5 04800, 978-89-6155-905-8(세트)

어린이제품안전특별법에 의한 제품 표시
제조자명 파랑새 | 제조년월 2021년 6월 | 제조국 대한민국 | 사용연령 8세 이상

Alice's Adventures in Wonderland

이상한 나라의 앨리스

루이스 캐럴 원작 | 살구(Salgoo) 그림 | 보탬 옮김

팡세
클래식

| 작가 노트 |

모자 장수가 앨리스에게 낸 수수께끼의 답이 뭐냐는 질문을 워낙 많이 받아, 여기에 적절한 답을 남기기로 했다. 비록 그 답이 매우 재미없긴 해도, 수수께끼에 이런저런 답을 만들어 볼 수 있는데다, 절대로 처음부터 틀린 답을 갖고 내지는 않기 때문이다! 그럼에도 불구하고, 생각 끝에 내린 결론은 바로 이것이다. 그 수수께끼는 처음 만든 대로 결코 답이 없었다.

1896년 크리스마스에

| 차례 |

| 서문 |

황금빛 오후 내내
우리는 한가로이 물 위를 미끄러지네.
작은 팔로는 서투르지만
부지런히 노를 저으며
작은 손으로는 우리가 갈 방향을
안내하는 척하네.
아, 무자비한 세 아이들! 그런 때
그렇게 꿈같은 날씨에
아주 작은 깃털조차 움직이지도 못할 만큼
너무나 가는 숨결 같은 이야기를 해 달라니!
하지만 다 함께 졸라 대는 세 아이들을
미약한 한 목소리가 어찌 당할 수 있을까?
도도한 첫 번째 아이가 앞으로 나서며
"시작하세요."라고 엄하게 명령을 내리면
두 번째 아이는 상냥한 목소리로 부탁을 하지
"말장난이 있는 이야기로요!"
반면 세 번째 아이는 1분이 멀다 하게 끼어들며
이야기를 끊지.

그것도 잠시, 세 아이는 갑자기 조용해지고
상상의 나래를 펼치며,
새와 짐승과 다정하게 이야기도 나누고
새롭고 거친 이상한 나라를 누비며
꿈속의 아이들을 따라다니지.
반은 그것이 진짜라고 믿으며.
상상의 샘은 마르고 이야기는 바닥난
지친 이야기꾼이 머뭇거리며
"나머지는 다음에……."라고
이야기를 마무리하려고 하면
아이들은 "지금이 다음이에요!" 하고
신나게 외쳤지.

그렇게 이상한 나라 이야기가 자라났지.
그렇게 천천히, 하나씩, 하나씩.
그 진기한 사건들이 다 펼쳐져서
이제 이야기는 끝이 났고,
신이 난 우리 선원들은 집을 향해 노를 저었지.
저물어 가는 햇살을 받으며.
앨리스! 부드러운 손으로
이 유치한 이야기를
어린 시절의 꿈이 깃든
신비스러운 띠 속에 놓아주렴.
마치 머나먼 나라에서 꺾어 온
말라비틀어진 순례자의 꽃다발처럼.

토끼가 조끼 주머니에서 시계를 꺼내 보고 부리나케 달려가자, 앨리스도 깜짝 놀라 일어섰다. 문득 조끼를 입은 토끼도, 토끼가 조끼 주머니에서 시계를 꺼내는 것도 한 번도 본 적이 없다는 생각이 스쳤기 때문이다.

1장

토끼 구멍 아래로 떨어지다

앨리스는 언니와 둑 위에서 아무 할 일도 없이 앉아 있는 게 지루해지기 시작했다. 언니가 읽고 있는 책을 한두 번 슬쩍 곁눈질해 봤지만 그림이랑 대화가 하나도 없어서 '그림도 대화도 없는 책을 뭐하러 보지?' 하고 생각했다.

데이지 꽃으로 팔찌를 만드는 것이 과연 일어나서 꽃을 꺾으러 다니는 수고를 할 만큼 재미있을까 곰곰이 생각해 보고 있는데, (날씨가 더워서 졸리고 몽롱했기 때문에, 그것도 아주 열심히 생각해야 했다.) 갑자기 눈이 붉은 흰토끼가 옆으로 뛰어 지나갔다.

그게 그렇게 특별할 것은 없었고, 토끼가 "오, 이런! 오, 이런! 많이 늦겠는걸!" 하고 혼잣말을 해도 앨리스는 이상하다고 생각하지 않았다. (나중에 다시 생각해 보니, 이상하게 여겼어야 마땅했지만, 그 당시에는 자연스러워 보였다.) 그런데 토끼가 조끼 주머니에서 시계를 꺼내 보고 부리나케 달려가자, 앨리스도 깜짝 놀라 일어섰다. 문득 조끼를 입은 토끼도, 토끼가 조끼 주머니에서 시계를 꺼내는 것도 한 번도 본 적이 없다는 생각이 스쳤기 때문이다. 앨리스는 궁금해져서 토끼를 쫓아 들판을 가로질러 뛰어갔다. 다행히도 토끼가 산울타리 아래 커다란 토끼 구멍으로 들어가는 것을 놓치지 않고 볼 수 있었다.

이내 앨리스도 토끼를 따라 들어갔는데, 나중에 어떻게 다시 나올지는 전혀 생각하지도 않았다.

토끼 구멍은 얼마간 터널처럼 곧게 내려가다가 갑자기 푹 꺼져서, 앨리스는 미처 멈출 생각도 하기 전에 아주 깊은 우물에 떨어져 버렸다.

떨어지면서 주변을 둘러보고, 다음에 어떤 일이 일어날까 생각할 정도로 시간적 여유가 있었던 걸로 봐서, 우물이 매우 깊었거나, 앨리스가 아주 천천히 떨어진 모양이었다. 앨리스는 우선 밑을 내려다보고 자기가 어디로 떨어지게 될까 알아보려 했지만 너무 깜깜해서 아무것도 보이지 않았다. 그러고는 우물 옆면을 봤는데, 찬장과 책시렁이 빼곡했고, 군데군데 지도와 그림이 못에 걸려 있었다. 앨리스는 떨어지면서 한 선반에서 병을 하나 집었는데, 겉에 '오렌지 마멀레이드'라는 딱지가 붙어 있었다. 그러나 실망스럽게도 빈 병이었다. 혹시 병을 그냥 버리면 누가 맞아서 죽을까 봐 아래로 떨어지면서 옆 선반 하나에 가까스로 올려놓았다.

앨리스는 생각했다.

'이런! 이렇게 떨어져 봤으니 계단에서 넘어지는 것 따위는 아무것도 아니겠는걸! 집에서 다들 나를 얼마나 용감하다고 생각할까! 아니, 이젠 지붕 꼭대기에서 떨어져도 잠자코 있을 거야!' (그럴 가능성이 높았다.)

아래로, 아래로, 아래로. 끝없이 떨어질 건가? 앨리스가 큰 소리로 말했다.

"지금까지 내가 떨어진 거리가 몇 킬로미터나 될까? 지구 중심에 가까이 가고 있는 게 틀림없어. 보자, 6,400킬로미터는 되는 것 같아. (앨리스는 요즘 학교 수업시간에 이런 종류에 대해 몇 가지를 배웠는데, 아무도 들을 사람이 없어서 아는 척하기에 아주 좋은 기회는 아니었지만, 그래도 되풀이해 보는 것은 좋은 연습이었다.) 그래, 대략 그 정도 거리인 것 같아. 그런데 내가 도달한 위도랑 경도는 어떻게 될까?" (앨리스는 위도와 경도가 뭔지도 몰랐지만, 근사한 단어인 것 같았다.)

곧바로 앨리스는 다시 시작했다.

"지구를 뚫고 떨어지고 있는 것 같아! 머리를 아래로 하고 거꾸로 걷고 있는 사람들 사이로 내가 나오면 얼마나 웃길까! 대척자*(대척점을 잘못 말한 것)들이라고 하던가. (이번에는 완전히 틀린 단어를 쓴 것 같아서, 아무도 듣는 사람이 없는 게 오히려 다행인 것 같았다.) 근데 어느 나라인지 그 사람들한테 물어봐야 할 거야. 실례합니다, 부인. 여기가 뉴질랜드인가요, 오스트레일리아인가요?"

그 말을 하면서 고개 숙여 인사하려고 했는데, 공중에서 떨어지면서 인사하는 모습을 상상해 보라! 그게 될 법한 일인가?

'그런 질문을 한다고 나를 얼마나 무식한 아이라고 생각할까! 아냐, 절대로 물어보지 말아야지, 어딘가에 적혀 있을 거야.'

밑으로, 밑으로, 계속 떨어졌다. 달리 할 일이 없었으므로 앨리스는 이내 다시 중얼거리기 시작했다.

"다이너가 오늘 밤 몹시 날 찾을 텐데! (다이너는 고양이다.) 식구들이 차 마시는 시간에 잊지 말고 다이너 접시에 우유를 줘야 할 텐데. 귀여운 다이너, 네가 여기서 나랑 같

이 떨어진다면 좋겠다! 허공에 생쥐들은 없지만 박쥐 한 마리는 잡을 수 있을지도 몰라. 박쥐는 생쥐랑 아주 비슷하잖아. 근데 고양이가 박쥐를 먹던가?"

이때쯤 앨리스는 졸음이 와서 꿈속에서처럼 혼잣말을 계속했다.

"고양이가 박쥐를 먹나?"라고 하다가 가끔, "박쥐가 고양이를 먹나?"라고도 했다. 이래도 저래도 답을 모르기는 매한가지였으므로 어떻게 물어봐도 별 상관이 없긴 했다. 그러다가 깜빡 잠이 든 것 같았고, 다이너와 손잡고 걷는 꿈을 막 꾸기 시작해서, 다이너에게 진지하게 "자 다이너, 말해 봐. 너 박쥐를 먹어 본 적이 있어?"라고 묻고 있었다. 그때 갑자기 '쿵! 쿵!' 하는 소리와 함께 나뭇가지와 마른 잎 더미 위로 착지하며 드디어 떨어지는 일이 끝이 났다.

앨리스는 하나도 다치지 않은 게 신기해서 바로 일어나 위를 쳐다봤는데 깜깜해서 아무것도 보이지 않았다. 앨리스 앞에는 또 다른 긴 통로가 있었고, 하얀 토끼가 서둘러 내려가고 있는 게 보였다. 꾸물거릴 새가 없었다. 앨리스는 바람처럼 뒤쫓은 덕분에 토끼가 모퉁이를 돌며 "오 내 귀, 내 수염아. 도대체 얼마를 늦은 거야!"라고 하는 소리를 바로 들을 수 있었다. 앨리스는 토끼 뒤에 바짝 붙어 모퉁이를 돌았는데, 이제 토끼는 온데간데없이 사라지고, 천장에 줄지어 매달린 등의 불빛이 비치는 길고 낮은 복도가 나타났다.

홀에는 문들이 빙 둘러 있었는데, 모두 잠겨 있었다. 앨리스는 오가며 양 쪽에 있는 문들을 다 열어 보고, 어떻게 다시 나갈 수 있을까 궁리하다가 맥이 빠져 복도 한가운데로 걸어갔다.

느닷없이 온통 단단한 유리로 만들어진 조그만 세 발 탁자가 나타났다. 탁자 위에는 아주 작은 금 열쇠 하나가 달랑 놓여 있었는데, 처음엔 복도 문 중 하나에 맞는 열쇠일 거라고 생각했다. 그런데, 세상에! 열쇠 구멍이 너무 크거나, 열쇠가 너무 작아서 어떤 문도 열 수 없었다. 다시 돌아보다가 아까는 보지 못했던 낮게 드리운 커튼이 눈에 띄었고, 그 뒤에서 높이가 38센티미터 정도 되는 작은 문을 발견했다. 열쇠 구멍에 작은 금 열쇠를 넣었더니 이번에는 너무나 기쁘게도 꼭 들어맞았다!

그 문을 열어 보니 쥐구멍만한 작은 통로로 통해 있었다. 앨리스가 무릎을 꿇고 통로를 들여다보니 지금까지 한 번도 본 적이 없는 아름다운 정원이 있었다. 그 어두운 복도에서 벗어나 환한 꽃밭과 시원한 분수들 사이를 걸어

다니고 싶은 마음이 굴뚝같았지만, 통로 출입구로는 앨리스 머리도 빠져나갈 수 없었다. 가여운 앨리스는 생각했다.

'행여 머리가 빠져나간들, 어깨가 못 나가니 무슨 소용이람. 오, 망원경처럼 내 몸이 접힐 수 있다면 얼마나 좋을까! 어떻게 시작하는지만 알면 할 수 있을 것 같은데.'

최근에 이상한 일들이 하도 많이 일어나다 보니, 이제 앨리스는 정말로 불가능한 일이 거의 없는 것 같은 생각이 들기 시작했다.

앨리스는 작은 문 옆에서 기다려 봤자 소용없을 것 같아서, 탁자 위에서 다른 열쇠나 <망원경처럼 몸을 줄이는 법> 설명서라도 발견하기를 바라며 다시 탁자로 돌아갔다. 이번에는 탁자 위에 작은 병이 있었는데, 병 주둥이에 '나를 마셔요'라고 커다란 글씨로 예쁘게 인쇄된 꼬리표가 붙어 있었다.

"아까는 틀림없이 여기 없었는데?"

앨리스가 말했다.

'나를 마셔요'라고 씌어 있긴 했지만, 영리한 앨리스는 급하게 마실 생각이 없었다. 엘리스가 말했다.

"안 돼. 먼저 '독성' 표시가 있는지 없는지 살펴봐야지."

그건 친구들이 일러 준 간단한 규칙을 기억하지 못해

서 불에 데거나 야생 동물들에게 잡아먹힌 끔찍한 일들에 관한 짧은 이야기를 읽은 적이 있기 때문이었다. 가령 시뻘겋게 달아오른 꼬챙이를 너무 오래 잡고 있으면 덴다거나, 손가락을 칼에 깊이 베이면 피가 나올 거라는 규칙들이었다. 그 중에 앨리스가 결코 잊지 않고 있었던 것은, '독성'이라고 표시된 병의 내용물을 마시면 틀림없이 곧 몸에 이상이 생긴다는 이야기였다.

그런데 이 병에는 '독성'이란 표시가 없어서 앨리스는 용기를 내 맛을 봤다. 버찌 타르트와 커스터드, 파인애플, 칠면조 구이, 토피, 버터에 구운 뜨거운 토스트가 섞인 맛이 났는데 아주 맛이 있어서 금방 다 먹어 버렸다.

앨리스가 말했다.

"기분이 이상해! 망원경처럼 내 몸이 접히고 있는 것 같아."

정말 그랬다. 이제 앨리스의 키는 겨우 25.4센티미터였다. 예쁜 정원으로 들어가는 작은 문을 통과하기에 딱 맞는 크기가 됐다는 생각에 앨리스는 얼굴이 환해졌다. 하지만 먼저 몸이 더 줄어드는지 보려고 몇 분을 기다렸다. 걱정스러운 생각이 들어 앨리스는 혼잣말을 했다.

"내 몸이 다 타 버린 양초처럼 전부 사라질지도 몰라. 그럼 난 어떻게 될까?"

앨리스는 촛불을 불어서 끄면 불꽃 모양이 어떤지 상상해 보려고 했지만 그런 걸 본 기억조차 나지 않았다.

시간이 지나도 몸이 더 이상 줄어들지 않자, 앨리스는 곧바로 정원으로 향했다. 하지만 불쌍한 앨리스! 문 앞에 다 와서야, 작은 금 열쇠를 가져오지 않은 걸 알았다.

열쇠를 가지러 탁자로 되돌아왔지만 열쇠에 손이 닿지 않았다. 유리를 통해 열쇠가 바로 보여서 탁자 다리를 기어서 올라가 보려고 애썼지만 너무 미끄러웠다.

애만 쓰다 지쳐 버린 가여운 앨리스는 바닥에 주저앉아 울음을 터뜨렸다. 앨리스가 아주 냉정하게 스스로를 야단쳤다.

"자, 그렇게 울어 봤자 무슨 소용이야! 내가 충고하는데 당장 그쳐!"

앨리스는 보통 자신에게 꽤 쓸 만한 조언을 하곤 했는데 (비록 그 조언대로 한 적은 아주 드물었지만) 때로는 눈물이 쏙 빠질 정도로 심하게 자신을 꾸짖기도 했다. 한번은 자기 자신과 크로켓 시합을 하면서 자신을 속였다고 자기 뺨을 때리려고 했던 적도 있었다. 왜냐하면 이 별난 아이는 두 사람인 척하기를 아주 좋아했기 때문이다. 가여운 앨리스는 생각했다.

'하지만 지금은 두 사람인 척해 봤자 소용없어! 지금의 난 한 사람 몫도 제대로 못하고 있는걸!'

문득 탁자 아래 놓여 있는 작은 유리 상자가 눈에 띄었다. 상자를 열었더니 아주 작은 케이크가 있었는데 건포도로 '나를 먹어요'라는 글씨가 예쁘게 박혀 있었다. 앨리

스가 말했다.

"음, 이걸 먹어야겠어. 더 커지면, 열쇠에 닿을 거고, 더 작아지면 문 밑으로 기어 들어갈 수 있어. 어떻게 되든 정원에 들어갈 수 있으니까 무슨 일이 일어나든 상관없어!"

그래서 작게 한 입을 먹고 걱정스러워하며 혼잣말을 했다.

"어느 쪽이지? 어느 쪽이야?"

어느 쪽으로 되는지 알아보려고 한 손으로 머리 위를 잡고 있었는데 놀랍게도 몸이 커지지 않고 그대로였다. 케이크를 먹으면 보통은 아무 일도 일어나지 않는 것이 당연한데도, 이상한 일이 일어날 거라고 기대하던 앨리스에게는 이제 평범한 것은 따분하고 멍청하게 느껴졌다.

그래서 앨리스는 신비로운 일이 벌어지기를 바라면서 케이크를 금방 다 먹어 치웠다.

어떻게 나갈 수 있을까 이리저리 헤엄쳐 다니며 앨리스가 말했다. "그렇게 많이 울지 말걸! 내가 내 눈물 속에 빠지다니. 오늘은 온통 이상한 일투성이야."

2장

눈물 웅덩이

"아, 묘해 기분이. 점점 갈수록!"

앨리스는 너무 놀라서 순간 제대로 말하는 법을 잊은 것 같았다.

"이제는 내가 세상에서 가장 큰 망원경처럼 늘어나고 있어! 잘 있어, 발아!"

발을 내려다봤더니, 까마득히 멀어져서 거의 안 보일 것 같았기 때문이다.

"오, 가여운 내 작은 발, 이제 네게 누가 신이랑 양말을 신겨 줄까? 나는 절대 못 할 텐데! 너를 돌봐 주기에는 내가 너무나도 멀어졌으니, 가능한 네 일은 네가 해결해야 해. 그래도 내 발에게 상냥하게 대해 줘야 하는데."

앨리스는 생각했다.

"안 그러면 내가 가고 싶은 대로 발이 안 갈지도 모르잖아! 보자, 그럼 크리스마스 때마다 새 부츠를 선물해야겠다."

그리고 앨리스는 어떻게 선물을 전해 줄지 계속해서 계획을 세우는데 골몰했다.

"우편배달부 편에 보내야겠다. 그러면 얼마나 웃길까, 자기 발에게 선물을 보내다니! 받는 사람과 보내는 사람을 보면 사람들이 얼마나 이상하게 생각할까?"

받는 사람: 난로망 근처,

깔개에 계신

앨리스의 오른발 님께.

보내는 사람: (사랑하는 앨리스가).

"오, 세상에, 내가 무슨 엉뚱한 소리를 하고 있는 거야!"

바로 그때, 앨리스의 머리가 복도 천장에 부딪쳤다. 이제 키가 2미터 70센티미터도 넘어서 작은 황금 열쇠를 바로 집어 들고 서둘러 정원으로 통하는 문으로 갔다.

불쌍한 앨리스! 앨리스가 할 수 있는 것이라곤 겨우 겨우 옆으로 누워 한쪽 눈으로 정원을 들여다보는 것뿐이었다. 문을 통과하기는 전보다 어려워져 앨리스는 주저앉아서 다시 울기 시작했다. 앨리스가 말했다.

"부끄러운 줄 알아야지. 너같이 다 큰 애가 이렇게 계속 울고 있다니! 어서 그치지 못 해!"

앨리스가 엄청나게 눈물을 흘리면서 우는 통에 자기 주변에 넓은 웅덩이가 생겼는데, 깊이가 10센티미터 정도 되고 복도의 반은 차지했다.

잠시 후에 멀리서 '타다닥' 바삐 가는 발소리에 앨리스는 얼른 눈물을 닦고 무슨 일인가 봤다. 눈부시게 차려입은 흰토끼가 돌아오고 있었는데, 한 손에는 하얀 염소 가죽 장갑을, 다른 손에는 커다란 부채를 들고 있었다. 흰토끼는 황급히 종종걸음을 치며 투덜거렸다.

'오! 공작부인, 공작부인! 오! 내가 계속 기다리게 하면 포악해질 텐데!'

심한 절망 상태였던 앨리스는 누구에게든 도움을 청할 작정이었다. 그래서 토끼가 다가오자, 작은 목소리로 수줍게 "저기, 여보세요." 하고 말을 건넸다. 그 소리에 토끼는 소스라치게 놀라 하얀 장갑과 부채를 사정없이 내팽개치고는 어둠속으로 황급히 사라져 버렸다.

복도가 몹시 더웠던 터라 앨리스는 부채와 장갑을 집어서 연신 부채질을 하며 계속 이야기했다.

"이런, 이런! 오늘은 진짜 다 이상한 일뿐이네! 어제는 평범하게 지나갔는데. 밤새 내가 변한 걸까? 보자, 오늘 아침에 일어났을 때 내가 똑같았나? 느낌이 약간 달랐던 것 같기도 해. 그런데 내가 어제와 같은 사람이 아니라면, 다음 문제는 도대체 내가 누구지? 아, 그건 대단한 수수께끼네!"

그래서 앨리스는 동갑인 친구들을 한 명 한 명 떠올리며 친구들 중에 자신이 누구로 변한 걸까 곰곰이 생각해 보았다. 앨리스가 말했다.

"분명 에이더는 아니야. 걔는 아주 긴 곱슬머리인데, 내 머리는 전혀 곱슬하지 않으니까. 그리고 메이블도 될 수 없어. 나는 모르는 게 없는데, 오! 걔는 아는 게 거의 없으니까! 게다가 그 애는 그 애고, 나는 나야. 그리고……. 아 이런, 모든 게 너무 헷갈려! 내가 전에 알던 것을 지금도 다 아나 봐야지. 보자, 4 곱하기 5는 12이고, 4 곱하기 6은 13, 4 곱하기 7은……, 오, 맙소사! 이렇게 해서 언제 20까지 간담! 하지만 구구단은 중요하지 않아. 지리를 해 보자. 런던은 파리의 수도고, 파리는 로마의 수도야. 그리고 로마는……, 아냐, 전부 틀렸어! 내가 마벨로 변한 게 틀림없어! '꼬마 악어'를 외워 봐야지."

그러고는 수업 시간에 하듯이 무릎 위에 손을 포개고 암송하기 시작했지만 이상하게 쉰 소리가 나오고 단어도 하던 대로 나오지 않았다.

꼬마 악어가
빛나는 꼬리로
나일 강물을
황금빛 비늘에 쏟아 부어요!

얼마나 명랑하게 싱긋 웃는지
얼마나 멋지게 발톱을 펼치는지
상냥하게 웃음 짓는 입으로
작은 물고기들을 맞아들여요!

앨리스는 눈물을 글썽이며 계속 이야기했다.

"이것도 제대로 못 한 것 같아. 결국 내가 메이블이 된 게 틀림없어. 그 비좁은 집에서 갖고 놀 장난감도 하나 없이 살게 될 거야. 게다가 공부해야 할 건 얼마나 많겠어! 싫어, 난 결심했어. 만약에 내가 메이블이면 여기에 남을 거야! 아무리 사람들이 여기에 고개를 디밀고 내려다보면서 '올라오렴, 얘야!' 하고 아무리 말해도 소용없어. 내가 올려다보고 이렇게 말할 거야. '그럼 내가 누군데요? 그 대답부터 먼저 해 줘요. 그래서 그 사람인 게 마음에 들면 올라가고, 아니면 다른 사람이 될 때까지 여기 있을래요.' 오오, 이런!"

앨리스는 갑자기 울음을 터뜨리며 소리쳤다.

"그래도 사람들이 꼭 내려다봐 줬으면 좋겠어! 여기 혼자 있는 건 너무 지겨워!"

이렇게 말하며 앨리스는 자기 손을 봤는데, 놀랍게도 말하는 동안에 토끼의 작은 흰 가죽 장갑 한 짝을 끼고 있었다. 앨리스는 생각했다.

'어떻게 내가 그랬을 수가 있지? 내가 다시 작아지고 있나 봐.'

앨리스는 일어나서 키를 재 보기 위해 탁자로 갔다. 어림짐작으로 이제 60센티미터 정도였고, 아주 빠르게 줄어들고 있었다. 쥐고 있는 부채 탓이라는 것을 바로 알아채고는 재빨리 손에서 놓아 버려서 완전히 줄어들어 사라져 버리는 것은 가까스로 피할 수 있었다.

'아슬아슬했네!'

갑작스러운 변화에 많이 놀랐지만 그래도 아직 세상에 존재하고 있다는 사실에 매우 기뻐하며 앨리스가 말했다.

"그럼 이제 정원으로 가 봐야지!"

그러고는 있는 힘을 다해 그 작은 문으로 달려갔다. 하지만 맙소사! 문은 다시 닫혀 있었고, 작은 금 열쇠는 여전히 탁자 위에 놓여 있었다. 불쌍한 앨리스는 생각했다.

'최악의 상황이군. 아까도 이렇게까지 작진 않았는데! 정말 난감하네, 진짜!'

이런 말을 하고 있다가, 그만 발이 미끄러져서 갑자기 소금물에 빠져 턱까지 잠기고 말았다. 앨리스는 처음엔 자신이 바다에 빠진 줄 알고 혼잣말을 했다.

"그럼 기차를 타고 돌아가지 뭐."

앨리스는 지금까지 딱 한 번 바닷가에 가 봤는데, 그 경험으로 영국 해변 어디에 가든지 바다에 이동식 탈의 시설이 즐비하고, 아이들이 나무 삽으로 모래를 파고 있으며, 숙박시설들이 줄지어 서 있는데 그 뒤에는 기차역이 있다고 생각하게 되었다. 그런데 곧 자신이 빠진 곳이 어디인지 깨닫게 됐다. 키가 3미터 가까이 커졌을 때 자기가 흘린 눈물 웅덩이였던 것이다!

어떻게 나갈 수 있을까 이리저리 헤엄쳐 다니며 앨리스가 말했다.

"그렇게 많이 울지 말걸! 내가 내 눈물 속에 빠지다니. 오늘은 온통 이상한 일투성이야."

바로 그때 웅덩이 저쪽에서 첨벙거리는 소리가 들려왔다. 뭔지 보려고 가까이 헤엄쳐 가 보았다. 처음엔 바다코끼리나 하마인가 했다가, 자기가 얼마나 작아졌는지를 기억하곤 금세 그것이 자신처럼 미끄러져 웅덩이에 빠진 생쥐일 뿐이라는 것을 알게 되었다. 앨리스는 생각했다.

'지금 이 생쥐한테 말을 걸어 볼까? 이곳에서는 하도 다 이상하다 보니 쥐가 말을 할 수 있을 거라고 생각하게 되네. 어쨌든 해 봐서 손해 볼 건 없으니까.'

그래서 대화를 시작했다.

"오 생쥐야, 이 웅덩이에서 나가는 길을 아니? 여기서 이렇게 헤엄치며 다니는데 아주 지쳐 버렸어, 오 생쥐야!"

(앨리스는 이렇게 하는 게 생쥐에게 말을 거는 맞는 방법일 거라고 생각했다. 한 번도 그래본 적은 없지만, 오빠가 공부하던 라틴어 문법책에서 '생쥐 – 생쥐의 – 생쥐에게 – 생쥐 – 오 생쥐!'를 본 것을 기억하고 있었기 때문이다. 생쥐는 앨리스를 호기심 어린 눈으로 쳐다보고는 작은 눈으로 앨리스에게 윙크를 하는 것 같았지만 대답을 하지는 않았다.)

앨리스는 생각했다.

'이 생쥐는 우리말을 모르는 모양이군. 정복자 윌리엄을 따라온 프랑스 생쥐인가 봐.' (앨리스의 역사 지식으로는 어떤 일이 얼마나 오래전에 일어났는지 정확하게 잘 몰랐기 때문에 이렇게 생각했다.) 그래서 앨리스는 다시 말을 걸어 봤다.

"우 에 마 샤트?*(프랑스어로 '내 고양이는 어디 있나요?'의 뜻)"

앨리스의 프랑스어 교재 맨 첫 문장이었다. 그러자 생쥐가 갑자기 물에서 펄쩍 뛰어올랐는데, 무서워서 덜덜 떠는 것 같았다.

"오, 미안해!"

앨리스는 자기가 불쌍한 동물의 기분을 상하게 한 것 같아 얼른 사과했다.

"네가 고양이를 좋아하지 않는다는 걸 깜빡했어."

생쥐가 흥분해서 새된 목소리로 소리쳤다.

"고양이를 좋아하지 않는다고! 네가 나라면 고양이를 좋아하겠니?"

앨리스가 달래듯 말했다.

"음, 아니겠지. 그걸로 화내지 마. 그래도 내 고양이 다이너는 네게 꼭 보여 주고 싶어. 다이너를 보기만 해도 넌 마음에 들 거야. 아주 사랑스럽고 얌전한 녀석이거든."

앨리스는 웅덩이에서 느릿느릿 헤엄치며, 계속 중얼거렸다.

"그리고 불가에 앉아서 발톱을 핥고 세수를 하면서 얼마나 멋지게 가르릉거리는지……. 또 쓰다듬으면 얼마나 보드라운지. 거기다 쥐 잡는 솜씨는 진짜 최고야. 오, 용서해 줘!"

앨리스가 다시 외쳤다. 이번에는 생쥐가 온몸의 털을 곤두세웠다. 정말로 화가 단단히 난 것 같았다.

"네가 싫다면 우리 이제 다이너 이야기는 하지 말자."

꼬리 끝까지 온몸을 떨며, 생쥐가 소리쳤다.

"우리라니! 내가 언제 고양이에 대해 말하기라도 한 것처럼 말하네! 우리 가족은 늘 고양이를 싫어했어. 못되고, 저질스럽고, 천박한 것들이야! 다시는 내 앞에서 고양이란 말도 꺼내지 마!"

앨리스가 얼른 화제를 바꾸려고 말했다.

"진짜 안 그럴게! 너-개-개는-좋아하니?"

생쥐가 대답을 하지 않아서 앨리스는 열심히 계속 얘기했다.

"우리 집 근처에 아주 착한 강아지가 있는데 네게 보여주고 싶어! 반짝이는 눈을 한 작은 테리어야, 오, 갈색 털이 얼마나 길고 곱실거리는지! 그리고 뭘 던지면 물어서 가져오고, 저녁밥 달라고 똑바로 앉아서 기다리면서, 얼마나 재주를 부리는지, 나는 반도 기억 못할 정도야. 근데 그 강아지 주인은 농부 아저씨인데, 그 강아지가 아주 쓸모 있다면서 백 파운드 값어치는 된다고 했어! 아저씨 말이 그 강아지가 쥐란 쥐는 다 죽인대……. 오, 이런!"

앨리스가 슬픈 목소리로 외쳤다.

"내가 또 생쥐 기분을 상하게 했네!"

생쥐는 요란하게 물을 튀기며 앨리스에게서 가능한 멀리 헤엄쳐 달아났다.

앨리스가 부드럽게 생쥐를 불렀다.

"생쥐야! 제발 다시 돌아와, 네가 싫다면 고양이나 개 이야기는 하지 말자!"

생쥐가 이 말을 듣고 뒤돌아 천천히 앨리스에게 헤엄쳐 왔는데 얼굴이 꽤나 창백했다. (너무 화가 나서 그렇다고 앨리스는 생각했다.) 생쥐가 떨리는 낮은 목소리로 말했다.

"물가로 가자, 가서 내가 지난 일들을 이야기해 줄게. 들으면 내가 왜 고양이와 개를 싫어하는지 이해할 수 있을 거야."

이제 나가야 할 때였다. 눈물 웅덩이가 웅덩이에 빠진 새와 동물들로 점점 붐비기 시작했기 때문이었다. 오리와 도도새와 앵무새와 새끼 독수리, 그 외 다른 몇몇 신기한 동물들도 있었는데 앨리스가 앞장서자 모두 물가로 헤엄쳐 나왔다.

그러자 도도새가 불쾌한 목소리로 말했다. “내가 하려고 했던 말은, 몸을 말리는데 가장 좋은 방법은 코커스 경주라는 거야.”

3장

경주와 긴 이야기

물가에 모인 동물 무리는 하나같이 정말로 괴상한 몰골이었다. 다들 흠뻑 젖어 새들은 깃털이 바닥에 질질 끌리고, 동물들은 털이 몸에 찰싹 들러붙어 모두 짜증나고 불편해 보였다.

우선 문제는 당연히 '어떻게 몸을 말릴 것인가'였다. 그들은 이 문제를 놓고 의논을 했는데, 몇 분 만에, 앨리스는 그 동물들과 평생 알고 지낸 사이처럼, 스스럼없이 이야기하고 있었다. 실제로 앨리스는 앵무새와 꽤 길게 논쟁을 했는데, 결국 앵무새가 기분이 상해서는 이렇게 말했다.

"내가 너보다 나이가 많아, 그러니까 내가 더 잘 알아."

이 말에 앨리스는 앵무새 나이를 모르면서 그냥 앵무새가 하자는 대로는 안 하겠다고 하고, 앵무새는 자기 나이 밝히기를 분명히 거부했기 때문에, 이야기가 더는 진전되지 않았다.

마침내 그들 중에서 권위가 있어 보이는 생쥐가 외쳤다.

"자, 모두 앉아. 그리고 내 말을 들어! 내가 곧 너희들 몸을 바싹 말려 줄 테니까!"

그들은 바로 생쥐를 중심으로 둥글게 모여 앉았다. 앨리스는 생쥐에게서 눈을 떼지 않고 초조하게 바라봤다. 어서 몸을 말리지 않으면 독감에 걸릴 것 같았기 때문이다.

생쥐가 잘난 체하며 말하기 시작했다.

"에헴! 다들 준비됐어? 내가 아는 가장 재미없는 이야기를 할 테니 모두 조용히 하도록. 교황의 지지를 받았던 정복왕 윌리엄은 지도자를 원했고 이미 약탈과 정복에 아주 익숙해져 있던 영국인들을 바로 정복했어. 머시아와 노섬브리아의 백작인 에드윈과 모르카는……."

"우-!"

앵무새가 진저리를 치며 소리쳤다. 생쥐가 인상을 쓰며, 그래도 아주 정중히 물었다.

“뭐라고? 야유한 게 너니?”

앵무새가 얼른 대답했다.

“난 안 그랬어!”

생쥐가 말했다.

“네가 그런 줄 알았어. 계속할게. 머시아와 노섬브리아의 백작인 에드윈과 모르카는 정복왕 윌리엄을 지지했고, 애국자인 캔터베리의 대주교 스티갠드도 그것이 바람직하다는 것을 발견.”

오리가 물었다.

“뭘 발견했는데?”

생쥐가 좀 짜증스럽게 대답했다.

“그것이라니까. 물론 ‘그것’이 무슨 뜻인지 너도 알잖아.”

오리가 말했다.

“그걸 찾으면 ‘그것’이 뭔지 잘 알지. 그건 대개는 개구리나 벌레야. 내 질문은, 주교가 뭘 찾았냐니까?”

생쥐는 이 질문은 못 듣고 서둘러 말을 이었다.

“에드가 애슬링과 함께 가서 윌리엄을 만나 왕위를 제안하는 게 좋겠다고 생각했어. 윌리엄은 처음에는 겸손

했어. 그런데 오만한 노르만인들이……. 이제 좀 어떠니, 얘야?"

말을 계속하던 생쥐가 앨리스를 돌아보며 물었다.

앨리스가 침울하게 대답했다.

"여전히 축축해. 그 이야기로는 내 몸이 전혀 마를 것 같지 않아."

도도새가 자리에서 일어나며 엄숙하게 말했다.

"그렇다면, 보다 강력한 해결책의 즉각적인 채택을 위해 회의의 연기를 제안하……."

새끼 독수리가 말했다.

"쉬운 말로 해 줘! 그렇게 긴 단어로 어렵게 말하면 반은 못 알아듣겠어. 게다가 그 왕 아저씨도 별 수 없을 것 같아!"

그러고는 새끼 독수리는 웃음을 감추려고 고개를 숙였고, 몇몇 다른 새들은 대놓고 킥킥댔다.

도도새가 불쾌한 목소리로 말했다.

"내가 하려고 했던 말은, 몸을 말리는데 가장 좋은 방법은 코커스 경주라는 거야."

"코커스 경주, 그게 뭔데?"

앨리스가 물었다. 궁금해서가 아니라 도도새가 잠시 말을 멈추고 누군가 물어봐 주기를 바라는 것 같은데 아무도 그러려고 하지 않는 것 같아서였다.

도도새가 말했다.

"백 번 설명하는 것보다 한 번 해 보면 알 수 있어."

여러분이 겨울에 코커스 경주를 해 보고 싶다면, 도도새가 어떻게 했는지 설명해 주겠다.

우선, 도도새가 "정확한 원이 아니어도 상관없어."라며 경주 코스 모양을 그리고, 코스를 따라 여기저기에 모두를 세웠다. "하나, 둘, 셋, 출발" 같은 신호 없이 각자 마음대로 달리기 시작해서, 그만 하고 싶을 때 쉬라고 해서 경주가 언제 끝나는지 알기 어려웠다.

그럼에도 불구하고 30분 정도 달려서 물기가 꽤 많이 말랐을 때, 도도새가 갑자기 외쳤다.

"경주 끝!"

그래서 모두 헐떡거리며 도도새 주위에 둥글게 모여서는 질문했다.

"그런데 누가 이겼어?"

이것은 도도새가 아주 많이 생각하지 않고서는 대답할 수 없는 질문이라서 도도새는 이마를 손가락 하나로 누른 자세로 한참을 앉아 있었고, 나머지는 조용히 기다렸다. 마침내 도도새가 말했다.

"모두 이겼으니까 모두들 상을 받아야 해."

모두가 이구동성으로 물었다.

"그럼 누가 상을 주는데?"

도도새가 손가락으로 앨리스를 가리켰다.

"당연히 재지."

그러자 모두들 당장 앨리스를 에워싸고 정신없이 떠들어 댔다.

"상 줘! 상 줘!"

앨리스는 어쩔 줄 몰라 절망적인 마음으로 주머니에 손을 넣어 콩사탕 한 움큼을 꺼냈다. 다행히 짠 물이 안에 들어가지는 않았다. 상으로 나눠 주니 한 명당 딱 한 개씩 돌아갔다. 생쥐가 말했다.

"그런데 재도 상을 받아야 하잖아."

도도새가 근엄하게 대답했다.

"물론이지."

도도새가 앨리스를 돌아보며 계속했다.

"주머니에 뭐가 더 있니?"

앨리스가 애석해하며 말했다.

"골무 한 개."

도도새가 말했다.

"이리 줘 봐."

도도새가 "이 우아한 골무를 당신이 받아 주기를 간청

합니다."라고 하며, 엄숙하게 골무를 수여하는 동안 모두들 또다시 앨리스 주위에 모여들었다. 그리고 이 짧은 연설이 끝나자 모두 환호했다.

앨리스는 이 모든 것이 터무니없다고 생각됐지만 모두들 너무도 진지해서 감히 웃을 수가 없었다. 그리고 무슨 말을 해야 할지 떠오르지 않아, 고개를 숙이고 최대한 엄숙하게 골무를 받았다.

다음은 사탕을 먹을 차례였다. 좀 소란스럽고 어수선했다. 큰 새들은 못 먹겠다고 하고, 작은 새들은 캑캑거려서 등을 두드려줘야 했다. 그래도 결국 다 먹고 다시 둥글게 앉아 생쥐에게 이야기를 더 해 달라고 졸랐다. 앨리스가 말했다.

"어떤 일이 있었는지 이야기해 준다고 했잖아."

앨리스는 또 생쥐의 기분을 상하게 할까 봐 작은 소리로 덧붙였다.

"그리고 네가 왜 'ㄱ'으로 시작하는 동물 둘을 싫어하는지도. 개랑 고양이 말이야."

"그건 길고도 슬픈 이야기야."

생쥐가 앨리스를 보고 말하고는 한숨을 쉬었다.

앨리스는 생쥐의 꼬리를 감탄의 눈으로 내려다보며 대답했다.

"정말 꼬리*(tail⌒꼬리 tale⌒이야기와의 말장난)가 길구나, 하지만 슬픈 건 왜 그런 거야?

앨리스는 생쥐가 이야기하는 동안 그 까닭을 짐작해 보고 그 이야기가 이런 것일 거라고 생각했다.

분노가 집안에서 마주친
생쥐에게 말하길,
너 나랑 법정에 가자.
내가 너를 고소할 거야.
어서, 싫다고 해 봤자 소용없어.
우리는 재판을 받을 거야.
왜냐하면 오늘 아침에
나는 그것밖에 할 일이 없거든.

생쥐가 그 못된 분노에게 말했어.
판사도 배심원도 없는
그런 재판은
시간 낭비일 텐데요.

내가 판사고,
배심원이야.

늙고 교활한 분노가
말했어.
내가 재판을 맡아서
너를
사형에 처할 거야.

생쥐가 앨리스를 호되게 나무랐다.

“너 안 듣고 있지! 무슨 생각을 하고 있는 거야?”

앨리스가 매우 겸손하게 대답했다.

“미안해. 이제 다섯 번째 굽이를 넘어갈 차례지?

생쥐가 역정을 내며 날카롭게 쏘아붙였다.

“아니야!”

“굽이가 아니라 매듭*(not⌒아니 knot⌒매듭과의 말장난)이었구나!”

항상 누군가를 도울 마음의 자세가 돼 있는 앨리스가 생쥐를 걱정스럽게 쳐다보며 말했다.

“저런, 내가 풀어 줄게!”

“필요 없어! 그런 허튼 소리로 날 모욕하다니!”

생쥐가 벌떡 일어나 가 버렸다. 불쌍한 앨리스가 애원했다.

“그런 뜻이 아니었어! 그런데 너는 툭 하면 화를 내는

구나!"

생쥐는 대답 대신 으르렁거리기만 했다.

"제발 돌아와서 네 이야기를 마저 해 줘!"

앨리스가 생쥐를 쫓아가며 불렀다. 다른 동물들도 모두 앨리스와 합세했다.

"맞아, 제발 계속 이야기해 줘!"

그러나 생쥐는 쌀쌀맞게 고개만 젓고는 좀 더 걸음을 빨리 했다.

"생쥐가 가 버리면 너무 섭섭한데!"

생쥐가 거의 시야에서 사라지자마자 앵무새가 한탄했다. 늙은 게는 이번 기회를 놓치지 않고 딸에게 잔소리를 했다.

"아, 얘야! 이번 일을 절대로 성질을 부리면 안 된다는 교훈으로 삼자구나!"

어린 게가 쌜쭉해서 말했다.

"좀 조용히 해요, 엄마. 아무리 말 없는 사람이라도 엄마 잔소리는 못 참을 거예요!"

"우리 다이너가 여기 있으면 좋았을걸! 당장 저 생쥐를 잡아 왔을 텐데!"

딱히 누구에게랄 것도 없이 앨리스가 큰 소리로 말했다.

"다이너가 누군지 물어봐도 되니?"

앵무새가 물었다. 앨리스는 늘 자기 애완동물에 대해 이야기하고 싶어 했으므로, 아주 열심히 설명했다.

"다이너는 우리 고양인데 세상에 그런 쥐잡기 선수가 없어! 그리고 오, 새는 또 얼마나 잘 잡는다고! 작은 새는 눈에 띄는 대로 바로 잡아먹어 버려!"

이 말에 동물들이 술렁였다. 새 몇 마리는 바로 서둘러 가 버렸고, 늙은 까치 한 마리는 아주 단단히 챙겨 입으며 말했다.

"이제 정말 집에 가야겠어. 난 밤공기를 쐬면 목이 안 좋거든!"

카나리아는 떨리는 목소리로 새끼들을 불렀다.

"가자, 얘들아! 잘 시간이야!"

갖가지 핑계를 대며 모두 가 버리고, 곧 앨리스 혼자 남았다.

"다이너 이야기를 하지 말걸! 여기 토끼 구멍 아래에서는 아무도 다이너를 좋아하지 않는 것 같아. 다이너는 세계 최고의 고양인데! 오, 사랑하는 나의 다이너! 내가 너를 다시 볼 수 있을지 모르겠다!"

앨리스는 쓸쓸하게 혼잣말을 했다. 그러고는 너무 외롭고 의기소침해져서 다시 울기 시작했다. 그런데 잠시 후

멀리서 발자국 소리가 희미하게 들려왔다. 마음을 바꾼 생쥐가 돌아와 이야기를 끝까지 해 주지 않을까 하는 기대감에 앨리스가 고개를 들었다.

‘토끼 구멍으로 내려오지 말걸 그랬다는 생각도 들어. 하지만, 그래도 이렇게 사는 것도 꽤나 흥미롭긴 해. 내게 어떤 일이 일어날까 정말 궁금하거든!’

4장

토끼가 꼬마 빌을 보내다

발소리의 주인공은 흰토끼였는데 마치 뭔가를 잃어버린 것처럼 두리번거리며 혼자 중얼거렸다.

"공작부인! 공작부인! 오, 사랑하는 내 발! 오, 내 털과 수염! 공작부인이 나를 처형할 거야. 그건 흰 담비가 흰 담비인 것만큼이나 확실해. 대체 그것들을 어디에 떨어뜨렸을까?"

앨리스는 토끼가 뭔가를 찾는다고 생각하고 착하게도 무엇인지도 모르는 것들을 찾기 시작했지만 어디에서도 찾을 수가 없었다. 앨리스가 눈물 웅덩이에 빠져 헤엄친 이후로 모든 것이 변해 버린 것 같았고, 유리 탁자와 작은 문이 있던 커다란 복도도 완전히 사라져 버렸다.

토끼는 곧바로 물건을 찾으러 다니고 있던 앨리스를 발견하고는 화난 음성으로 불렀다.

"아니, 매리 앤, 너 여기 나와서 뭐하고 있는 거니? 당장 집으로 뛰어가서 장갑 한 켤레랑 부채 하나를 가져와! 어서!"

너무 놀란 나머지 앨리스는 토끼에게 사람을 잘못 봤다는 설명도 못해 보고, 토끼가 가리키는 방향으로 곧장 달려갔다. 앨리스는 뛰어가며 혼잣말을 했다.

"내가 자기 하녀인 줄 알았나 봐. 내가 누군지 알게 되면 토끼가 얼마나 놀랄까! 그래도 토끼에게 부채랑 장갑을 갖다 주는 게 좋겠어, 내가 찾을 수 있다면 말이야."

이렇게 말하는데 눈앞에 아담한 작은 집이 나타났다. 문에 "흰토끼"라고 이름이 새겨진 문패가 있었다. 부채랑 장갑을 찾기도 전에 진짜 메리 앤과 마주쳐서 집에서 쫓겨날까 봐 앨리스는 노크 없이 들어가서 서둘러 2층으로 올라갔다.

앨리스가 혼잣말을 중얼거렸다.

"토끼 심부름을 가다니 얼마나 희한한 일이야! 다음엔 다이너가 날 심부름시킬 것 같아!"

흰토끼

앨리스는 앞으로 일어날지도 모를 일들을 상상하기 시작했다.

"'앨리스양! 곧장 와서 산책 갈 준비를 해요!' '금방 갈게요, 유모! 하지만 다이너가 돌아올 때까지 쥐가 나오지 않나 이 쥐구멍을 지켜봐야 해요.'"

앨리스가 계속했다.

"근데 다이너가 사람들에게 그렇게 명령하기 시작하면 식구들이 다이너를 집에 그냥 두지 않을 거야."

이제 앨리스는 창가에 탁자가 있는 깔끔하고 아담한 방에 들어섰고, (그녀의 바람대로) 부채 한 개와 작은 흰 염소 가죽 장갑 두세 켤레가 놓여 있었다. 앨리스가 부채와 장갑을 들고 막 나오려는데 거울 근처에 놓인 작은 병이 눈에 띄었다. 이번에는 '나를 마셔요'라는 표시는 없었지만, 그래도 코르크 병마개를 열고 입으로 가져가며 중얼거렸다.

'내가 뭔가를 먹고 마실 때마다 재미있는 일이 일어났어. 그러니까 이 병이 나를 어떻게 변하게 할지 두고 봐야지. 내가 다시 커지면 정말 좋겠어. 이렇게 쪼그만 건 지겨워.'

정말 그렇게 됐고, 앨리스가 생각했던 것보다 변화가 훨씬 빨라서 반병도 채 마시기도 전에 머리가 천장에 닿아 목이 부러지지 않도록 상체를 구부려야 했다. 앨리스는 얼른 병을 내려놓으며 이렇게 중얼거렸다.

'이 정도면 충분하니까 이젠 그만 커졌으면 좋겠어. 이대로라면 저 문으로 나갈 수도 없어. 그렇게 많이 마시지 말걸!'

세상에! 이미 때늦은 후회였다! 앨리스는 계속 키가 자라고, 또 자라서 바닥에 무릎을 꿇어야 했고, 잠시 후에는 그래도 공간이 없어서 한쪽 팔꿈치를 문에 대고, 다른 쪽 팔로는 머리를 감싸고 누워 봤다. 그래도 여전히 계속 자라서, 마지막 방법으로 한쪽 팔을 창문 밖으로 내놓고, 한 발은 굴뚝으로 올리고 중얼거렸다.

"무슨 일이 일어난다 해도 이젠 어쩔 도리가 없어. 난 어떻게 될까?"

앨리스에게는 다행스럽게도 작은 마법의 약이 효력이 이젠 다 된 모양인지 키가 더 이상은 자라지 않았다. 하지만 그 상태로도 매우 불편했고 방 밖으로 다시 나갈 가능성이 전혀 없을 것 같았기 때문에 앨리스가 불행해하는 것도 당연했다. 불쌍한 앨리스는 생각했다.

'집에 있을 때가 훨씬 좋았어. 그때는 키가 커지거나 작아지지도 않았고, 생쥐랑 토끼 심부름을 하지도 않았으니까. 토끼 구멍으로 내려오지 말걸 그랬다는 생각도 들어. 하지만, 그래도 이렇게 사는 것도 꽤나 흥미롭긴 해! 내게 어떤 일이 일어날까 정말 궁금해! 전에 동화를 읽었을 때는 그런 일들은 결코 일어나지 않을 거라고 상상했는데, 지금 여기서 내가 그런 일을 겪고 있다니! 내 이야기를 쓴 책이 나와야 해, 꼭! 내가 자라면 한 권 써야지. 근데 지금 난 이렇게 다 커 버렸잖아.'

앨리스가 슬픔에 잠겨 덧붙였다.

'적어도 여기는 더 자랄 공간이 없어.'

앨리스는 생각했다.

'하지만 그럼 나는 지금보다 더는 나이를 먹지 않게 될까? 결코 할머니가 되지 않을 테니 그건 한편으로 다행이지만, 공부는 계속 해야 하잖아! 오, 그건 싫은데!'

앨리스가 자신에게 대꾸했다.

"오, 이런 멍청이 앨리스! 여기서 어떻게 공부를 할 수 있어? 아니, 네가 있을 공간도 부족한데 책 둘 데가 어디 있다고!"

그렇게 앨리스는 이 사람이 됐다가, 저 사람이 됐다가 하면서 제법 대화를 했다. 그런데 잠시 후 밖에서 목소리가 들려서 혼자서 하던 대화를 멈췄다.

"메리 앤! 메리 앤!"

목소리가 불렀다.

"빨리 내 장갑을 가져오라니까!"

뒤이어 빠르게 계단을 올라오는 발자국 소리가 조그마하게 들렸다. 앨리스는 토끼가 자기를 찾으러 오고 있다는 것을 알고는 겁에 질려 온 집 안이 다 흔들리도록 몸을 덜덜 떨었는데, 이제 자기가 토끼보다 천 배는 커서 토끼를 무서워할 필요가 전혀 없다는 사실을 미처 생각하지 못했기 때문이었다.

곧 토끼가 문 앞까지 다가와 문을 열려고 했다. 그러나 안으로 열리는 문을 앨리스 팔꿈치가 꽉 누르고 있었기 때문에 문은 꿈쩍도 하지 않았다. 토끼가 이렇게 중얼거리는 소리가 들렸다.

"그러면 돌아가서 창문으로 들어가야겠군."

앨리스는 생각했다.

'그렇게는 안 될걸!'

토끼가 창문 바로 아래에 왔다고 생각될 때까지 기다렸다가 앨리스는 갑자기 손을 펴서 허공에서 낚아챘다. 아무것도 손에 잡히지 않았지만 작은 '꽥' 소리와 무언가 떨어져서 유리 깨지는 소리가 들렸다. 앨리스는 아마도 토끼가 오이 온상이나 뭐 그 비슷한 곳에 떨어졌을 거라는 결론을 내렸다.

뒤이어 토끼의 화난 목소리가 들렸다.

"팻! 팻! 어디 있나?"

그러자 한 번도 들어보지 못한 목소리가 들렸다.

"당연히 여기 있읍죠! 사과를 캐고 있어요, 나리!"

토끼가 화를 내며 말했다.

"사과를 캐고 있다니, 정말! 여기! 어서 와서 내가 여기서 나가게 도와줘! (유리 깨지는 소리가 더 들렸다.) 자 말해 봐, 팻. 창문 안에 있는 저게 뭔가?"

"예, 파알입니다, 나리!" (팻은 '팔'을 '파알'이라고 발음했다.)

"팔이라고, 이런 멍청이! 저렇게 큰 팔이 어디 있어? 창문에 꽉 차잖아!"

"예, 그렇네요, 나리. 그런데 어쨌든 저건 팔입니다."

"음, 아무튼 저기 있을 게 아니니까, 가서 치워 버려!"

그러고는 한동안 조용했다. 이따금 다음과 같이 속삭이는 소리만 들릴 뿐이었다.

"예, 전 아주 싫습니다, 나리. 절대요!"

"하라는 대로 해, 이 겁쟁이야!"

결국 앨리스는 허공에서 다시 손으로 한 번 낚아챘다. 이번에는 둘의 작은 비명 소리와 유리가 더 많이 깨지는 소리가 들렸다. 앨리스는 생각했다.

"저기 대체 오이 온상이 몇 개나 있는 거야! 이제 쟤들이 무슨 짓을 할지 궁금하군! 나를 여기서 끌어내려는 거라면, 정말 그럴 수 있으면 좋겠다! 더는 여기에 있고 싶지 않아!"

앨리스가 잠시 기다렸는데 이제 아무 소리도 들리지 않았다. 마침내 작은 손수레가 오는 소리와 여러 명이 이야기하는 소리가 들렸다. 앨리스가 들어 보니 이런 대화였다.

"다른 사다리는 어디 있어?"

"전 하나만 가져왔는데요. 빌이 갖고 있어요."

"빌! 사다리 가져와!"

"여기, 이 모퉁이에 세워 봐."

"아니, 우선 두 개를 묶어."

"아직 반도 못 미치잖아."

"오! 그거면 충분한데, 까다롭게 굴지 마."

"여기, 빌! 이 밧줄을 잡아."

"지붕이 견딜까?"

"지붕이 헐거워져서 흔들거리니까 조심해."

"오, 지붕이 내려앉아! 아래 머리 조심해!"

쿵!

"지금 누가 그랬어?"

"빌인 것 같아요."

"누가 굴뚝으로 내려가지?"

"아니! 난 안 해! 네가 해!"

"그건 난 절대 못 해!"

"빌이 갈 거야."

"이봐, 빌! 주인님이 네가 굴뚝으로 내려가라고 하셔!"

앨리스가 혼잣말을 했다.

"오! 그러니까 빌이 굴뚝으로 내려온 건가? 아니, 쟤들은 뭐든지 다 빌을 시키네! 나라면 빌 같은 대접은 안 받겠어. 이 벽난로는 확실히 비좁지만 그래도 내가 발길질을 좀 할 수는 있을 거야!"

앨리스는 한쪽 발을 굴뚝 아래쪽으로 최대한 잡아당기며 작은 동물(어떤 동물인지 짐작할 수 없었다.)이 굴뚝 안을 긁으며 가까이 내려오는 소리가 들릴 때까지 기다렸다. 그러고는 "빌이로구나." 중얼거리고는 힘껏 발길질을 하고 어떤 일이 일어나나 기다렸다.

여럿이 외치는 소리가 들려왔다.

"저기 빌이 날아간다!"

그리고 나서 토끼가 혼자 하는 말이 들렸다.

"잡아, 울타리 옆이야!"

그리고 잠잠했다가 잠시 후 여럿이 떠드는 소리가 났다.

"머리를 받쳐 줘."

"이제 브랜디를 먹여."

“숨 막히지 않게 하고.”

“좀 어때, 친구?”

“무슨 일이 일어난 거야? 자세히 이야기 좀 해 봐!”

기운 없이 끽끽거리는 작은 음성이 들렸다. (앨리스는 생각했다. ‘빌이로군.’)

“글쎄, 잘 모르겠어. 그만, 됐어, 이제 괜찮아. 너무 놀라서 이야기를 못 하겠어. 깜짝 장난감 상자 같은 것이 튀어나와서 나를 로켓처럼 날려 버렸다는 것밖에 모르겠어!”

다른 친구들이 말했다.

“그래, 진짜 날더군!”

“집을 태워야겠어!”

그래서 앨리스가 목청껏 외쳤다.

“그러기만 해 봐, 내가 다이너를 보낼 거야!”

그러자 바로 쥐 죽은 듯이 조용해졌다. 앨리스는 생각했다.

‘쟤들이 이제 어쩔 셈이지? 생각이 좀 있다면 지붕을 치울 텐데.’

잠시 후에 그들이 다시 움직이기 시작했고, 토끼가 이렇게 말했다.

“우선 수레 한 대분이면 될 거야.”

‘뭐가 수레 한 대분이라는 거지?’

앨리스는 궁금했다. 하지만 그 궁금증은 오래 가지 않았다. 바로 작은 자갈들이 창문으로 쏟아져 들어와서, 앨리스의 얼굴에도 떨어졌다.

"그만두게 해야지."

앨리스가 혼잣말을 하고는 소리쳤다.

"다시는 그러지 않는 게 좋을걸!"

이 소리에 다시 찬물을 끼얹은 것처럼 조용해졌다.

놀랍게도 바닥에 떨어진 자갈들이 모두 작은 케이크로 변해 있었다. 앨리스에게 멋진 생각이 떠올랐다.

"이 케이크를 한 개 먹으면 틀림없이 내 크기가 변할 거야. 그런데 내가 더 커질 수는 없을 테니, 작아지겠지."

그래서 케이크 한 개를 꿀꺽 삼켰더니 다행스럽게도 바로 몸이 줄어들기 시작했다. 문을 빠져나올 만큼 작아지자 바로 집밖으로 뛰쳐나왔다. 꽤 많은 작은 동물들과 새들의 무리가 밖에서 기다리고 있었다.

불쌍한 작은 도마뱀 빌이 중앙에 있었는데, 기니피그 두 마리가 빌을 잡고 병에서 뭔가를 따라서 주고 있었다. 앨리스가 나타나자마자 모두 그녀에게 몰려들었지만, 앨리스는 죽어라 달려서 곧 우거진 숲으로 무사히 도망쳤다. 숲속을 이리저리 거닐며 앨리스가 혼잣말을 했다.

'가장 먼저 해야 할 일은 원래 내 키로 돌아가는 거야.

그 다음에 아름다운 정원으로 가는 길을 찾아야지. 그렇게 하는 게 최상의 계획일 거야.'

앨리스가 생각하기에 그것은 완벽한 계획인 것 같았다. 단 한 가지 문제는 어떻게 시작해야 할지 전혀 모른다는 것이었다. 앨리스가 초조하게 나무 사이를 엿보고 있는데 머리 위에서 날카롭게 짖는 소리가 들렸다.

앨리스가 고개를 들고 쳐다보니, 거대한 강아지 한 마리가 앨리스를 동그랗고 큰 눈으로 내려다보고 있었다. 강아지는 힘없이 한 발을 뻗어서 앨리스를 건드려 보려고 했다.

"강아지네!"

앨리스는 강아지를 어르며 휘파람을 불어 보려고 하다가, 문득 강아지가 배가 고플지도 모르고 그러면 아무리 강아지를 달래도 자신이 잡아먹힐 수도 있다는 생각에 덜컥 겁이 났다.

어찌할 바를 몰라, 앨리스는 작은 막대기를 집어서 강아지에게 내밀었다. 그러자 강아지가 좋아서 펄쩍 뛰며 컹컹 짖더니 별안간 막대기로 달려들었다. 앨리스는 강아지가 자기를 덮칠까 봐 커다란 엉겅퀴 뒤로 얼른 몸을 피했다. 강아지는 막대기를 가지고 이리저리 놀았는데, 앞으로 조금 뛰어왔다가 뒤로 멀리 물러가기를 반복하며 계속 목이 쉬어라 짖어 댔다. 한참을 그렇게 놀다 어느 순간 지쳤는지 마침내 헐떡거리며 혀를 길게 빼고 커다란 눈은 반쯤 감은 채 앨리스에게서 꽤 멀리 떨어져 앉았다.

앨리스는 지금이 도망칠 절호의 기회라고 생각했다. 그래서 강아지 짖는 소리가 멀리서 희미하게 들릴 때까지 숨이 차도록 달렸다.

"그래도 아주 귀여운 강아지였는데!"

앨리스는 미나리아재비에 기대 숨을 돌렸다. 그리고 눈에 들어온 이파리 하나를 따서 부채질을 했다.

"내 키! 내 키가 원래 크기만 됐어도 녀석에게 재주를 많이 가르쳐 줬을 텐데! 오, 이런! 내가 다시 커져야 하는 걸 깜빡하고 있었네! 자, 어떻게 해야 하지? 커지려면 뭐가 됐든 마시거나 먹어야 할 텐데, 근데 도대체 그게 뭘까? 바로 그게 문제야."

앨리스는 주위의 꽃과 풀 이파리를 살펴봤지만 그 상황에서 먹거나 마실 적당한 것이 보이지 않았다. 앨리스 가까이에는 자신의 키만 한 커다란 버섯이 자라고 있었다. 버섯 밑과 양옆, 뒤를 들여다보고 나서 앨리스는 버섯 꼭대기도 봐야겠다는 생각이 들었다.

앨리스는 까치발로 몸을 한껏 펴고 버섯 가장자리를 살펴보다가 푸르스름한 애벌레와 눈이 마주쳤다. 애벌레는 버섯 꼭대기에 팔짱을 끼고 앉아서 평온히 앨리스나 그 어떤 것에도 관심이 없다는 듯 기다란 물 담배를 피우고 있었다.

애벌레가 입에서 물 담배를 빼고 나른하고 졸린 목소리로 앨리스에게 말을 걸었다. “너는 누구니?” 앨리스는 수줍은 듯 대답했다. “저도 모르겠어요. 왜냐하면 아시다시피 지금의 제가 원래 제가 아니거든요.”

5장

애벌레의 충고

애벌레와 앨리스는 한동안 서로를 바라봤다. 마침내 애벌레가 입에서 물 담배를 빼고 나른하고 졸린 목소리로 앨리스에게 말을 걸었다.

"너는 누구니?"

대화의 시작이 별로 바람직하지 않았다. 앨리스는 수줍은 듯 대답했다.

"지금은 제가 누군지 저도 잘 모르겠어요. 적어도 오늘 아침에 일어났을 때는 제가 누구인지 알았는데, 그 이후 제가 여러 번 바뀐 것 같거든요."

애벌레가 엄하게 말했다.

"그게 무슨 소리야? 네가 누군지 설명해 봐!"

앨리스가 말했다.

"저도 모르겠어요. 왜냐하면 아시다시피 지금의 제가 원래 제가 아니거든요."

애벌레가 대꾸했다.

"난 모르는걸."

앨리스가 공손하게 말했다.

"더 정확하게 설명드릴 수가 없어서 죄송해요. 우선 저도 이해하지 못하고 있고, 하루에 몇 번씩이나 키가 늘었다 줄었다 해서 매우 혼란스러워요."

애벌레가 말했다.

"혼란스러울 것 없어."

앨리스가 말했다.

"음, 아직 아저씨는 경험하지 않았는지 모르겠지만, 언젠가 번데기로 변하고 그다음에는 나비로 변하면, 기분이 이상할 것 같지 않나요?"

애벌레가 대답했다.

"전혀."

앨리스가 말했다.

"아마 아저씨는 저와 다르게 느낄 수도 있겠죠. 제 경우

엔 아주 기분이 이상할 것 같아요."

애벌레는 앨리스의 말을 듣는 둥 마는 둥 하더니 깔보듯 말했다.

"너! 넌 누구야?"

대화가 다시 원점으로 돌아갔다. 앨리스는 애벌레가 그렇게 짧게 말하는 게 좀 거슬려서 몸을 똑바로 세우고 매우 진지하게 말했다.

"아저씨가 누구인지부터 말씀하셔야 할 것 같은데요."

애벌레가 물었다.

"어째서?"

이것 또한 대답하기 어려운 질문이었다. 적당한 이유도 떠오르지 않는 데다 애벌레의 기분이 아주 안 좋은 것 같아서 앨리스는 돌아섰다.

애벌레가 앨리스를 불렀다.

"돌아와! 중요하게 할 얘기가 있어!"

이 얘기는 확실히 들어 볼만 할 것 같아서 앨리스는 뒤돌아 다시 돌아왔다.

애벌레가 말했다.

"화가 나도 참아야 해."

"그게 다예요?"

앨리스가 최대한 화를 참으며 물었다.

"아니."

애벌레가 대답했다.

앨리스는 할 일도 없었고 나중에라도 애벌레가 들을 만한 말을 할지도 모르니 기다려 봐야겠다고 생각했다. 애벌레는 한동안 말없이 물 담배만 뻐끔뻐끔 피워대더니 마침내 팔짱을 풀고 물 담배를 입에서 떼고는 말했다.

"그러니까 네가 변했다고 생각한다는 거지?"

"그래요. 전에 기억하던 것이 생각나지 않고, 같은 키로 10분도 있지 못해요!"

"어떤 걸 기억 못하는데?"

"'부지런한 꼬마 꿀벌'을 해 봤는데 제대로 안 돼요."

앨리스가 아주 울적하게 대답했다.

"그럼 '윌리엄 신부님, 신부님은 늙으셨어요.'를 해 봐!"

앨리스가 손을 모으고 시작했다.

젊은이가 말했네.
윌리엄 신부님, 신부님은 늙으셨어요.
머리도 백발이 다 됐는데
그래도 끊임없이 물구나무서기를 하시네요.
신부님 연세에 그래도 괜찮다고 생각하세요?

윌리엄 신부님이 젊은이에게 대답했지.
젊을 때는 뇌를 다칠까봐 걱정했었지.
하지만 이젠 아무 걱정 없으니,
자꾸자꾸 하는 거야.

젊은이가 말했네.
제가 말했듯이, 신부님은 늙으셨고,
게다가 굉장히 뚱뚱하신데,
문에서 공중제비를 넘으시다니요!
그건 대체 왜 그러시는 거예요?

신부님이 백발을 흔들며 대답했지.
젊을 때, 나는
한 통에 1실링짜리 연고를 발라서
팔다리의 탄력을 유지했지.
자네도 한두 통 사겠나?

젊은이가 말했네.
신부님은 늙으셨어요. 그래서 쇠기름보다
질긴 것을 씹기에는 턱이 너무 약한데,
그런데도 거위를 뼈와 부리까지 해치우시니

도대체 어떻게 그러실 수가 있나요?

신부님이 대답했네.
내가 젊었을 때, 경찰에게 가서
사사건건 아내와 따지다 보니,
턱 근육이 강해졌지.
이걸로 남은 평생 버티겠지.

젊은이가 물었네.
신부님은 늙으셨어요. 그래서 신부님 시력이
변함없다고 하면 아무도 안 믿을 텐데,
신부님은 코끝에 뱀장어를 올리고
떨어뜨리지 않으시니
어떻게 그렇게 재주가 비상하신가요?

신부님이 말했지.
질문 세 개나 대답했으면 됐지.
잘난 체하지 마라!
내가 하루 종일 그런 이야기나 듣고 있을 줄 알았나?
당장 꺼지지 않으면 아래층으로 차 버릴 테다!

애벌레가 말했다.

"틀린 것 같은데."

앨리스가 수줍게 말했다.

"좀 틀린 것 같아요. 단어가 몇 개 바뀌었어요."

"처음부터 끝까지 다 틀렸어."

애벌레가 단호하게 말했다. 잠시 침묵이 흘렀다.

먼저 입을 연 건 애벌레였다.

"키가 어느 정도였으면 하는데?"

앨리스가 얼른 대답했다.

"오, 특별히 키가 얼마만 해야겠다는 생각은 없어요. 아시겠지만, 너무 자주 키가 변하지만 않으면 좋겠어요."

애벌레가 말했다.

"난 모르는데."

앨리스는 아무 말도 하지 않았다. 이렇게 말끝마다 반박을 당하기는 처음이라 참지 못하고 화가 폭발할 것 같았다.

애벌레가 물었다.

"지금 키는 마음에 드니?"

앨리스가 말했다.

"음, 조금만 더 컸으면 좋겠어요. 7센티미터는 너무 비참해요."

애벌레가 화를 내며 말했다.

“아주 적당한 키야!”

애벌레가 이야기하며 몸을 똑바로 일으켜 세웠는데, 딱 7센티미터였다.

“전 이 키가 익숙하지 않다고요!”

앨리스가 불쌍하게 하소연했다. 그리고 혼자 생각했다.

‘동물들이 걸핏하면 저렇게 화 좀 내지 않았으면 좋겠어!’

“때가 되면 익숙해질 거야.”

애벌레가 이렇게 말하고는 물 담배를 입에 물고 다시 피우기 시작했다.

앨리스가 이번에는 애벌레가 다시 말할 때까지 참을성 있게 기다렸다. 얼마 안 있어 애벌레가 물 담배를 입에서 빼고 하품을 한두 번 하더니 몸을 털었다. 그리고 버섯에서 내려와 풀 위를 기어가며 중얼거렸다.

“한쪽은 크게 만들고, 다른 쪽은 작게 만들 거야.”

‘뭐의 한쪽이고 뭐의 다른 쪽이라는 거지?’

앨리스가 혼자 생각했다.

“버섯 말이야.”

앨리스가 소리 내어 큰 소리로 물어보기라도 한 것처럼 애벌레가 대답하고는 금세 시야에서 사라졌다.

앨리스는 한쪽이 어디고 다른 쪽이 어딜까 알아보려고 잠시 버섯을 유심히 쳐다보고 있었다. 그런데 버섯이 완전히 동그래서 아주 어려운 문제였다. 그래도 결국 버섯 둘레로 팔을 최대한 벌려서 양손으로 가장자리를 조금씩 떼어 냈다.

“그럼 어떤 게 어떤 거지?”

앨리스가 중얼거리며 어떻게 되나 보려고 버섯의 오른쪽 부분을 조금 물어뜯었다. 바로 턱 밑으로 강한 충격이 오더니 턱이 발에 붙어 버렸다!

이런 갑작스런 변화에 앨리스는 무척 놀랐지만 빠르게 몸이 줄어들고 있어서 머뭇거리지 않고 버섯의 다른 쪽도 얼른 먹으려고 했다. 턱이랑 발이 너무 가까워서 입을 벌리기도 힘들었지만 겨우 입을 벌리고 왼손에 있던 버섯 조각을 한입 삼킬 수 있었다.

“와, 이제 머리를 움직일 수 있다!”

기쁨에 찬 앨리스의 외침은 곧 공포로 바뀌었다. 아래를 보니, 어깨는 보이지 않고 기다란 자기 목만 보였는데, 마치 저 멀리 발아래 펼쳐진 초록 나뭇잎 사이에 솟아난 줄기 같았다.

앨리스가 말했다.

“저 녹색들은 다 뭐지? 내 어깨는 어디로 간 거야? 오,

불쌍한 내 손들아, 너희들이 보이지 않는데 어떻게 된 거니?"

앨리스는 이야기하면서 손을 움직여 봤지만, 멀리 초록 잎들 사이에 약간 흔들림만 있을 뿐 아무것도 보이지 않았다.

앨리스는 손을 얼굴까지 가져오기는 틀린 것 같아서, 고개를 손 쪽으로 숙여 봤다. 그러자 목이 뱀처럼 사방으로 구부러지는 것을 알고는 너무 기뻤다. 목을 우아하게 번개 모양으로 구부리고 나뭇잎들 사이로 고개를 쑥 내밀어 보았다. 나뭇잎들은 바로 그 아래서 자기가 헤매고 다니던 숲의 나무들이었다. 바로 그때 날카로운 '쉭' 소리에 앨리스는 얼른 고개를 들었다. 커다란 비둘기 한 마리가 앨리스의 목 근처로 날아와서는 사납게 날개로 때리고 있었다.

비둘기가 비명을 질렀다.

"뱀이다!"

"나는 뱀이 아니야! 그만해!"

앨리스가 성을 내며 말했다.

"뱀이잖아!"

비둘기가 되풀이했다. 하지만 이전보다는 누그러진 목소리였고, 흐느끼듯 덧붙였다.

"온갖 짓을 다 해 봤지만 소용없어!"

앨리스가 말했다.

"무슨 소리를 하는 건지 하나도 모르겠다."

비둘기가 앨리스는 아랑곳하지 않고 계속했다.

"나무뿌리에도 해 보고, 둑이며 울타리, 다 해 봤는데, 저놈의 뱀들은 당할 수가 없다니까!"

앨리스는 점점 더 알 수가 없었지만 비둘기가 말을 다 할 때까지는 말해 봤자 소용없다고 생각했다.

비둘기가 말했다.

"알을 품고 있기도 힘든데, 밤낮으로 뱀을 경계해야 하다니! 지난 3주간 한숨도 못 잤다고!"

이제 비둘기가 무슨 말을 하는지 감이 잡히기 시작한 앨리스가 비둘기를 위로했다.

"진짜 성가셨겠다."

비둘기가 악을 쓰듯 언성을 높이며 말을 이었다.

"그래서 숲에서 가장 높은 나무를 찾아서 이제 놈들에게서 벗어났다고 생각했더니만, 이번에는 하늘에서 꿈틀거리며 내려오다니! 으으, 뱀!"

앨리스가 말했다.

"난 뱀이 아니라니까! 나는, 나는……."

비둘기가 말을 가로챘다.

"그래! 넌 뭐야! 보아하니 거짓말을 꾸며 대려는 것 같은데!"

앨리스는 그날 몇 번을 변했는지 생각해 보며, 자신 없이 대답했다.

"나, 나는 여자애야."

비둘기가 아주 경멸조로 말했다.

"좀 그럴 듯한 말을 해야지! 내가 여자애들을 숱하게 봤지만 목이 이런 애는 한 명도 본 적이 없어! 내 말이 맞아, 맞다고! 너는 뱀이야. 아무리 아니라고 해도 소용없어. 이젠 알을 한 번도 먹어 본 적이 없다고 하겠구나!"

앨리스는 매우 정직한 어린이였기 때문에 솔직하게 말했다.

"당연히 먹어 봤어. 그리고 여자애들도 뱀만큼 달걀을 많이 먹어."

비둘기가 말했다.

"그럴 리 없어. 그런데 그게 사실이라면 걔들도 일종의 뱀인 거지."

이것은 앨리스로서는 한 번도 해 보지 못한 생각이라 잠시 말문이 막혔는데, 그 틈에 비둘기가 한마디 덧붙였다.

"네가 알을 찾고 있다는 건 잘 알겠어. 그러면 네가 여자애건 뱀이건 뭐가 다른데?"

앨리스가 얼른 대답했다.

"내가 누구인지는 내게 아주 중요한 문제야. 그리고 나는 알을 찾고 있지 않았고, 설사 그렇다 해도 네 알은 원치 않아. 나는 날달걀은 싫어하거든."

비둘기가 다시 둥지로 들어가 자리를 잡고 앉더니 화가 난 목소리로 말했다.

"좋아, 그럼 꺼져!"

앨리스는 기다란 목이 자꾸 나뭇가지에 걸려서 계속 멈춰서 풀어야 했기 때문에 가능한 나무 사이에 몸을 웅크렸다. 한참 후에야 아직도 손에 버섯 조각을 쥐고 있다는 것이 생각나서 조심스럽게 이쪽 걸 먹었다가 저쪽 걸 먹었다가 하면서 때론 커졌다가 때론 작아졌다. 마침내 앨리스는 원래 자신의 키로 돌아왔다.

하도 오랜만에 본래 키가 되자, 처음엔 꽤 낯선 느낌이었다. 하지만 곧 익숙해졌고, 눈앞에 펼쳐진 정원을 보면서 평소처럼 혼자 대화하기 시작했다.

"자, 이제 계획의 반은 됐네! 키가 자꾸 변하니까 어찌나 정신이 없던지! 내 키로 돌아왔으니까, 이제 저 아름다운 정원에 들어갈 수 있겠어. 그런데 어떻게 해야 들어갈 수 있을까?"

앨리스가 이렇게 혼잣말하고 있는데, 갑자기 탁 트인 곳이 나타났다. 거기에는 1미터 20센티미터 정도 높이의 작은 집 한 채가 있었다.

앨리스는 생각했다.

"저기에 누가 사는지 모르지만, 절대로 지금 이 키로 다가가선 안 돼. 그랬다간 그게 누구라도 깜짝 놀라 자빠질 테니까!"

그래서 앨리스는 다시 오른손에 들린 버섯을 조금씩 뜯어 먹기 시작했다. 앨리스는 키가 23센티미터 정도로 줄어들고서야 집 가까이 다가갔다.

앨리스가 체셔 고양이에게 물었다. “체셔 고양이야, 내가 어떤 길로 가야 하는지 알려 주겠니?” 고양이가 대답했다. “그건 네가 어디로 가고 싶은가에 달렸지.”

6장

돼지와 후추

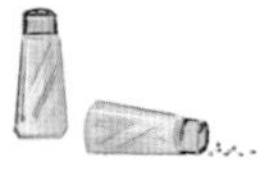

앨리스는 잠시 서서 집을 바라보며 이제 무엇을 할까 생각하고 있었다. 그런데 갑자기 제복을 입은 하인이 숲에서 달려 나왔다. (앨리스가 그를 하인이라고 생각한 이유는 제복을 입고 있었기 때문인데, 그렇지 않고 얼굴만 봤다면 물고기라고 했을 것이다.) 그러고는 주먹으로 문을 쾅쾅 두드렸다. 제복을 입은 또 다른 하인이 문을 열었는데, 둥근 얼굴에, 개구리처럼 눈이 컸다. 앨리스가 보니 두 하인 모두 머리를 뒤덮은 곱슬머리에, 얼굴에는 분칠을 하고 있었다. 신기한 광경에 호기심을 느낀 앨리스는 이야기를 잘 듣기 위해 살금살금

숲 밖으로 나왔다.

물고기 얼굴 하인이 겨드랑이에서 자기만큼 커다란 편지를 꺼내 다른 하인에게 주면서 엄숙하게 말했다.

“공작부인에게 여왕님께서 보내시는 크로켓 시합 초대장입니다.”

개구리 얼굴 하인이 똑같이 엄숙하게 따라 했는데, 단어의 순서만 약간 바뀌었을 뿐이었다.

“여왕님께서 공작부인에게 보내는 크로켓 시합 초대장입니다.”

그러고 나서 둘은 마주보고 고개 숙여 인사했는데, 그러다 둘의 곱슬머리가 엉켜 버렸다.

그 모습을 보고 너무 웃다가 그들에게 들킬까 봐 앨리스는 숲으로 다시 뛰어 돌아왔다. 그다음 앨리스가 숲에서 집을 엿봤더니 물고기 얼굴 하인은 가고, 다른 하인이 문 근처 바닥에 앉아 멍청하게 하늘을 쳐다보고 있었다.

앨리스는 쭈뼛거리며 문으로 가 노크를 했다. 하인이 말했다.

“노크할 필요 없어. 그건 두 가지 이유 때문이야. 첫째, 나도 너처럼 문 밖에 있고, 둘째, 안이 엄청 시끄럽기 때문에 아무도 네 노크 소리를 못 들어.”

사실 안에서 심한 소음이 들려왔다. 울부짖는 소리와

재채기하는 소리가 끊임없이 들렸고, 마치 접시나 솥이 산산조각 나는 듯이 부서지는 소리도 간간히 들렸다. 앨리스가 물었다.

"그러면, 어떻게 해야 내가 들어갈 수 있을까?"

하인이 앨리스는 신경도 쓰지 않고 계속했다.

"너와 나 사이에 문이 있다면 네 노크가 의미가 있겠지. 예컨대, 네가 안에 있는 경우엔 네가 노크를 하면 내가 너를 밖으로 나오게 할 수 있어."

이야기하면서 계속 하늘을 쳐다보는 하인을 보고 앨리스는 그가 진짜 예의가 없다고 느꼈다. 앨리스가 중얼거렸다.

'어쩌면 쟤도 어쩔 수 없는지도 몰라, 눈이 저렇게 머리 꼭대기에 달렸으니 말이야. 하지만 질문에 대답은 할 수 있잖아.'

"어떻게 들어가냐니까?"

앨리스가 큰 소리로 다시 물었다.

그러자 하인이 말했다.

"나는 내일까지 여기에 앉아 있을 거야."

바로 그때, 문이 열리더니 커다란 접시가 하인의 머리로 똑바로 날아왔는데 그의 코를 살짝 스쳐지나가 뒤에 있던 나무에 부딪혀 박살이 났다.

하인은 아무 일도 없었다는 듯 똑같은 어조로 계속 했다.

"어쩌면 모레까지일지도 모르지."

앨리스는 좀 더 큰 소리로 물었다.

"어떻게 들어가냐고?"

하인이 말했다.

"누가 들여보내 주기는 한대? 그것부터 먼저 물어봐야지."

물론 맞는 말이었지만 그래도 하인이 그렇게 말하니까 앨리스는 기분이 나빠 혼자 투덜댔다.

'정말 끔찍해, 온갖 동물들이 따지고 드니. 아주 돌아 버리겠어!'

"나는 몇 날 며칠이고 때때로 여기에 앉아 있을 거야."

앨리스가 물었다.

"그럼 나는 어떡하고?"

"하고 싶은 대로 해."

이렇게 대답하고는 하인은 휘파람을 불기 시작했다.

앨리스는 절망했다.

'오, 얘한테 말해 봤자 소용없어, 완전 바보야!'

앨리스가 문을 열고 들어갔다.

문을 열자 바로 넓은 부엌이었는데, 이 끝에서 저 끝까지 연기가 자욱했다. 공작부인은 부엌 한가운데 서서 아기를 보고 있었다. 요리사는 벽난로에 기대어 수프가 한가득인 커다란 냄비를 젓고 있었다.

"저 수프에 후추가 너무 많이 들어간 게 틀림없어!"

앨리스가 재채기를 참으며 말했다.

분명 방 안에도 후추 냄새가 너무 많이 났다. 공작부인도 가끔씩 재채기를 했고, 아기는 쉬지 않고 재채기를 하다가 울다가 했다. 부엌에서 재채기를 하지 않는 것은 요리사와 부뚜막에 앉아 입이 귀에 걸리게 웃고 있는 고양이뿐이었다.

자기가 먼저 말을 거는 것이 실례가 될까 봐 앨리스는 조심스럽게 물어보았다.

“저, 당신 고양이가 왜 저렇게 웃고 있는지 말씀해 주시겠어요?”

공작부인이 대답했다.

“체셔*(Cheshire, 괜히 히죽거리는 행동을 가리키는 뜻도 있음.) 고양이라서 그렇지, 돼지야!”

공작부인이 마지막 말을 어찌나 사납게 했던지 앨리스는 기겁을 했다. 그런데 좀 있다가 보니 그 말은 아기에게 한 말이지 자기에게 한 말이 아니었다. 그래서 용기를 내서 다시 말을 계속했다.

“체셔 고양이가 항상 웃는지 몰랐어요. 사실 고양이가 웃을 수 있는지도 몰랐어요.”

공작부인이 말했다.

“고양이는 모두 웃을 수 있고, 실제로 대부분의 고양이들이 웃는단다.”

“전 전혀 몰랐어요.”

앨리스는 대화를 나누게 되어 아주 기뻐서 매우 공손하게 말했다.

공작부인이 말했다.

“넌 아는 게 별로 없구나. 정말로.”

앨리스는 부인의 말투가 진짜 마음에 안 들어서, 다른 이야기로 화제를 돌려야겠다고 생각했다. 앨리스가 무슨 말을 할까 궁리하고 있는데, 요리사가 수프 솥을 불에서 내리더니 갑자기 공작부인과 아기에게 닥치는 대로 아무거나 막 던지기 시작했다. 벽난로용 기구들부터 시작해서 프라이팬, 큰 접시, 작은 접시들이 마구 날아왔다. 공작부인은 물건에 맞아도 모르는 것 같았고, 아기는 아까부터 울고 있었기 때문에 그릇에 맞아서 우는 건지 아닌지도 알 수 없었다. 앨리스는 겁에 질려 펄쩍펄쩍 뛰며 울부짖었다.

"오, 제발 조심해요! 아기의 예쁜 코가 다치겠어요!"

무지막지하게 커다란 냄비가 아기 가까이 날아와 거의 아기 코를 뭉개 버릴 듯 스치고 지나갔기 때문이다.

"남 참견 말고 자기 일이나 잘하면, 세상이 훨씬 잘 돌아갈 텐데."

공작부인이 쉰 목소리로 투덜거렸다.

앨리스는 자기가 아는 것을 뽐낼 기회가 생겨 아주 기분이 좋아 이렇게 말했다.

"그러면 좋을 게 없어요. 밤낮이 어떻게 될지 생각해 보세요! 아시겠지만, 지구가 축을 중심으로 한 바퀴 도는데 24시간이 걸리고……."

공작부인이 말을 잘랐다.

"도끼*(axis◠축 axes◠도끼와의 말장난) 말이 나왔으니, 저 여자애의 목을 쳐라!"

앨리스는 요리사의 기색을 살피려고 걱정스러운 눈으로 쳐다봤지만 물건을 집어던지던 요리사는 어느새 수프를 젓는데 몰두하고 있을 뿐 대화를 듣는 것 같지도 않아 보였다. 앨리스는 말을 이었다.

"24시간이 맞는 것 같은데, 아니면 12시간인가? 저는……"

공작부인이 다시 말을 잘랐다.

"오, 날 귀찮게 하지 마. 나는 숫자는 절대 사절이야."

그러면서 부인은 다시 아이를 달래기 시작했는데, 자장가 비슷한 노래를 부르며 매 소절이 끝날 때마다 아기를 거칠게 흔들었다.

아기에게 거칠게 말해,
그리고 재채기를 하면 때려 줘.
녀석은 그냥 귀찮게 하려고 그래.
그것이 성가시다는 것을 알고 그래.

합창
(요리사와 아기도 함께 부른다)
워우! 워우! 워우!

부인이 두 번째 소절을 부르는 동안, 아기를 계속 세게 위아래로 던지고, 불쌍한 아기는 너무나 울어 대는 통에 앨리스는 노래 가사를 잘 들을 수가 없었다.

나는 내 아들에게 심하게 말하지.
아이가 재채기를 하면 패 주지.
아이는 원하면 후추를 완전히
즐길 수 있으니까!

합창
워우! 워우! 워우!

"자! 하고 싶으면 네가 좀 달래 봐. 난 가서 여왕이랑 크로켓 시합할 준비를 해야 해."

부인이 말하며 앨리스에게 아기를 내팽개치고는 바삐 방에서 나갔다. 요리사가 나가는 부인에게 프라이팬을 던졌는데 아슬아슬하게 빗나갔다.

앨리스는 힘겹게 아기를 받았다. 아기가 괴상하게 생긴 데다가 팔다리를 사방으로 뻗치고 있어서 앨리스는 '꼭 불가사리 같군.' 하고 생각했다.

앨리스는 코가 매워 킁킁거리면서 계속 몸을 오그렸다

폈다 하는 통에 처음 얼마간은 아기를 안고 있기도 버거웠다.

앨리스는 아기 보는 방법을 터득하자마자, 아기를 밖으로 데리고 나갔다.

"내가 이 아이를 데려가지 않으면, 하루 이틀 지나면 그들이 아이를 죽이고 말 거야. 그대로 두고 가면 살인이나 마찬가지 아닐까?"

앨리스가 마지막 말을 큰 소리로 하자, 아기가 대답하듯 꿀꿀거렸다. (이젠 재채기는 그쳤다.)

앨리스가 나무랐다.

"꿀꿀대지 마. 그런 식으로 네 의사를 표현하는 건 옳지 않아."

아기가 또 꿀꿀거리자, 앨리스는 왜 그런가 하고 아기 얼굴을 매우 걱정스럽게 들여다봤다. 아기의 코는 사람 코이기보다는 돼지 주둥이에 가까운 심한 들창코였다. 눈 또한 아기 눈이라기에는 너무나 작았다. 종합적으로 앨리스는 아기의 생김새가 전혀 마음에 들지 않았다.

"울어서 그럴지도 몰라."

앨리스는 이렇게 생각하고 눈물을 흘렸나 보려고 아기 눈을 다시 들여다봤다.

없었다, 눈물은 없었다. 앨리스가 정색을 하고 말했다.

"아가야, 네가 돼지가 되려고 한다면, 나는 이제 네게서 손 뗄 거야, 알아서 해!"

불쌍한 아기는 다시 흐느꼈고, (혹은 꿀꿀거렸다 중 어느 표현이 맞는지 구분이 불가능했다.) 그들은 얼마간은 조용히 길을 갔다.

아기가 다시 너무 격렬하게 꿀꿀대서 앨리스는 놀라 아기의 얼굴을 내려다보며 혼자 생각하기 시작했다.

'이제 얘를 데리고 집에 가서 난 어떻게 하지?'

이번에는 오해의 여지가 없었다. 아기는 더도 덜도 아닌 바로 돼지였다. 이제 돼지 새끼를 더 안고 가는 것이 얼토당토않은 짓 같았다.

그래서 새끼 돼지를 내려놓았는데, 돼지가 숲속으로 빠르게 가 버리는 것을 보고 안도했다. 앨리스가 중얼거렸다.

'그대로 자라면 끔찍하게 못생긴 아이가 되겠지만 돼지로서는 꽤 잘생긴 편이야.'

그러고는 돼지가 되면 좋을 아이들이 누굴까 생각했다. '걔들을 변하게 할 방법을 제대로 알기만 하면…….'이라고 중얼거리는데, 얼마 떨어지지 않은 곳에 있는 나뭇가지에 체셔 고양이가 앉아 있는 것을 발견하고는 좀 놀랐다.

고양이는 앨리스를 보고 싱긋 웃기만 했다. 고양이의 성격이 좋아 보이긴 했지만 그래도 발톱이 아주 길고 이

빨이 엄청 많아서 조심스럽게 대해야 할 것 같았다.

"체셔 고양이야."

고양이가 이 이름을 좋아하는지 아닌지 전혀 몰랐기 때문에 앨리스는 소심하게 말을 걸었다.

고양이는 그저 더 싱긋이 웃기만 했다.

'좋아, 지금까지는 기분이 좋은 것 같군.'이라고 생각하고 앨리스는 말을 이었다.

"어떤 길로 가야 하는지 알려 주겠니?"

고양이가 대답했다.

"그건 네가 어디로 가고 싶은가에 달렸지."

앨리스가 말했다.

"어딜 가든 난 상관없어."

고양이가 말했다.

"그럼 어느 쪽으로 가든 상관없겠네."

앨리스가 덧붙였다.

"하지만 어딘가에 도착하고 싶어."

고양이가 말했다.

"그래? 오래 걷기만 하면 분명 어딘가에 도착하게 될 거야."

이 말이 틀린 말은 아니라 다른 질문을 해 보기로 했다.

"이 근처에 어떤 종류의 사람들이 사니?"

고양이가 오른발을 흔들며 말했다.

"저쪽으로 가면 모자 장수들이 살아."

이번엔 왼발을 흔들며 말했다.

"그리고 저쪽으로 가면 3월의 토끼들이 살아. 어디로 가든 다 미친 사람들이야."

앨리스가 말했다.

"나는 미친 사람들 틈으로 가고 싶진 않아."

고양이가 말했다.

"오, 어쩔 수 없어. 여기 있는 우리는 모두 미쳤으니까. 나도 그렇고, 너도 그렇고."

앨리스가 물었다.

"내가 미쳤는지 어떻게 알아?"

고양이가 대답했다.

"너는 미친 게 분명해, 그렇지 않고서야 여기에 올 리가 없어."

앨리스는 그게 충분한 이유가 되지 않는다고 생각했지만 그래도 대화를 계속했다.

"그럼 네가 미친 것은 어떻게 아니?"

고양이가 말했다.

"우선, 개는 미치지 않았어. 그렇다고 생각하지?"

앨리스가 대답했다.

"그런 것 같아."

고양이가 계속했다.

"음, 그럼 봐봐, 개는 화나면 으르렁거리고, 좋으면 꼬리를 흔들지. 나는 좋으면 으르렁거리고, 화나면 꼬리를 흔들어. 그러니까 난 미쳤어."

앨리스가 말했다.

"으르렁거리는 게 아니라 가르릉거리는 거겠지."

고양이가 말했다.

"하고 싶은 대로 말하렴. 너 혹시 오늘 여왕님과 크로켓 시합하니?"

앨리스가 대답했다.

"그러고 싶은데, 아직 초대받지 못했어."

"거기서 날 보게 될 거야."

고양이는 이렇게 말하고는 사라져 버렸다.

이상한 일이 일어나는 데 익숙해져서 앨리스는 이제 별로 놀라지 않았다. 고양이가 사라진 자리를 바라보고 있는데 갑자기 고양이가 다시 나타났다.

"아기는 어떻게 됐니? 깜빡하고 못 물어봤네."

고양이가 다시 나타난 게 자연스러운 일인 양, 앨리스는 차분하게 대답했다.

"돼지로 변했어."

"그럴 줄 알았어."

이렇게 말하고 고양이는 다시 사라졌다.

앨리스는 고양이가 다시 나타날까봐 잠시 기다렸다. 하지만 고양이가 나타나지 않아서, 조금 있다가 3월의 토끼들이 산다고 했던 방향으로 걸어갔다. 앨리스는 혼잣말을 했다.

"모자 장수들은 전에 본 적이 있어. 3월의 토끼들이 훨씬 흥미로울 거야. 그리고 지금은 5월이라 토끼들이 미쳐 날뛰지는 않을 거야. 적어도 3월보다는 덜하겠지."

이렇게 말하면서 위를 봤더니 고양이가 또 나뭇가지에 앉아 있었다. 고양이가 물었다.

"아까 돼지라고 했니, 무화과*(pig⌒돼지 fig⌒무화과와의 말장난)라고 했니?"

앨리스가 대답했다.

"돼지라고 했어. 근데 너 그렇게 갑자기 나타났다 사라졌다 좀 하지 말았으면 좋겠어. 정신없어."

"알았어."

고양이가 대답하고는 이번에는 꽤 천천히 사라졌다. 꼬리 끝에서부터 없어지기 시작해서 마지막에 웃는 입이 사라졌는데, 입은 몸이 다 사라지고 나서도 남아 있었다.

앨리스는 생각했다.

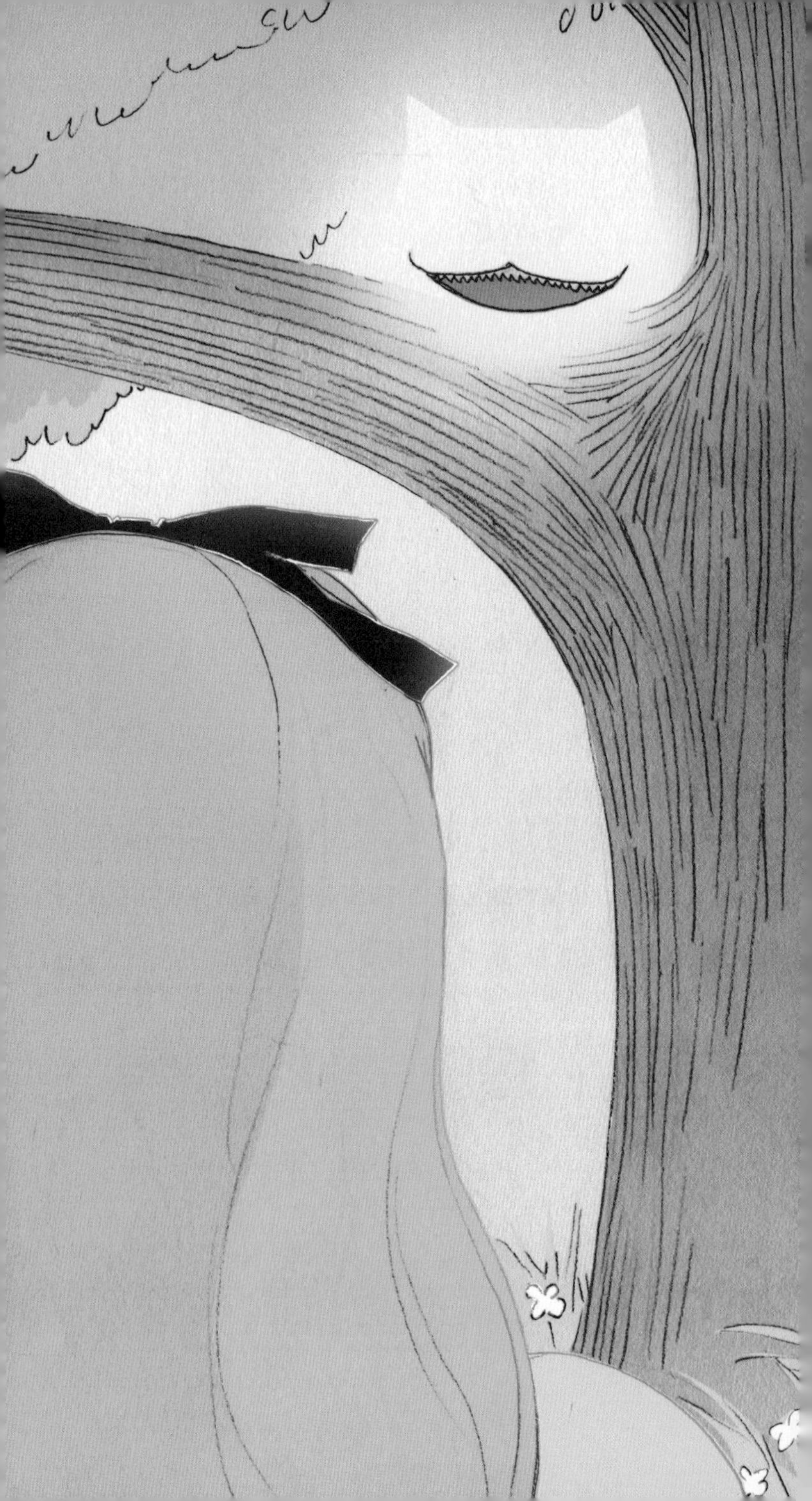

"흠! 웃지 않는 고양이는 자주 봤지만 고양이는 없고 웃음만 있다니! 이렇게 이상한 일은 정말 처음이야!"

얼마 가지 않아 3월의 토끼 집이 시야에 들어왔다. 굴뚝이 귀처럼 생기고 지붕이 털로 엮여 있는 걸 보니 틀림없는 것 같았다. 집이 너무 커서 앨리스는 왼손에 남아 있는 버섯을 좀 더 먹고 키가 60센티미터 정도 되기 전에는 가까이 갈 마음이 없었다. 그러고서도 겁먹어서 토끼 집 쪽으로 걸어가며 이렇게 중얼거렸다.

"토끼가 미친 듯이 날뛰면 어쩌지! 차라리 모자 장수 마을에 갈걸 그랬나 봐!"

"저런 엉터리 다과회는 정말 처음이야!" 앨리스가 이렇게 말하고 한참을 걷는데, 문이 달린 나무 한 그루가 보였다. 앨리스는 생각했다. '정말 이상해! 근데 어차피 오늘은 다 이상하니까. 서 있느니 당장 들어가는 게 좋겠어.'

7장

엉터리 다과회

집 앞 나무 아래에는 식탁이 놓여 있었는데, 3월의 토끼와 모자 장수가 차를 마시고 있었다. 동면 쥐 한 마리가 둘 사이에 앉아 잠을 자고 있었다. 둘은 동면 쥐를 쿠션 삼아 팔꿈치를 올려놓고 동면 쥐 머리 너머로 이야기를 나누고 있었다. 앨리스는 생각했다.

'동면 쥐가 매우 불편하겠어. 하지만 잠들었으니까, 잘 모르겠지.'

식탁이 매우 컸지만 셋 다 한쪽 구석에만 몰려 앉아 있었는데, 앨리스를 보자 이렇게 소리쳤다.

"자리가 없어! 자리가 없다고!"

"자리는 충분해!"

앨리스가 화를 내며 말하고는, 식탁 끝에 있는 커다란 팔걸이의자에 앉았다.

"포도주 좀 마셔."

3월의 토끼가 상냥하게 권했다.

앨리스가 식탁을 다 둘러봐도 차밖에 없었다. 앨리스가 말했다.

"포도주는 안 보이는데."

3월의 토끼가 말했다.

"포도주는 없어."

앨리스가 열 받아서 쏘아붙였다.

"그런데 권하다니 예의가 없구나."

3월의 토끼가 말했다.

"앉으라고 하지도 않는데 앉다니 네가 예의가 없네."

앨리스가 변명했다.

"네 식탁인줄 몰랐어. 게다가 세 명만 안기엔 식탁이 너무 커."

"너 머리 좀 잘라야겠다."

호기심에 가득차서 앨리스를 가만히 쳐다보던 모자 장수가 대뜸 말했다.

"개인적인 것에 대해 이래라저래라 하다니 아주 무례하구나."

앨리스가 좀 심하게 나무랐다.

모자 장수는 이 말을 듣고 눈을 동그랗게 떴지만 그가 한 말은 이게 다였다.

"까마귀는 왜 책상이랑 비슷하게?"

앨리스는 생각했다.

'자, 이제 슬슬 재미있어지겠군! 난 수수께끼가 좋아.'

앨리스가 큰 소리로 덧붙였다.

"내가 맞출 수 있을 것 같아."

3월의 토끼가 물었다.

"네가 답을 맞힐 수 있다는 거니?"

앨리스가 대답했다.

"물론이지."

3월의 토끼가 계속했다.

"그럼 네가 생각한 대로 말해야 해."

앨리스가 얼른 대답했다.

"그렇게 하고 있어. 적어도, 적어도 나는 내가 말하는 대로 생각해. 근데 그게 그거니까."

모자 장수가 말했다.

"그건 전혀 달라! 차라리 '내가 먹는 것을 나는 본다.' 가

'내가 보는 것을 나는 먹는다.' 와 똑같다고 하지 그러니?"

3월의 토끼가 거들었다.

"너는 '내가 얻은 것이 마음에 들어.' 나 '내가 좋아하는 것을 얻어.' 나 같은 말이라고 하겠네."

잠꼬대 하듯 동면 쥐가 덧붙였다.

"너한테는 '나는 잘 때 숨을 쉬어.' 나 '나는 숨을 쉴 때 잠을 자.' 나 같은 말이겠네!"

모자 장수가 말했다.

"너한테는 정말 같은 말이겠어."

그리고 대화가 끊겨서 잠시 모두 조용히 있었고, 그동안 앨리스는 까마귀와 책상에 대해 기억나는 것을 곰곰이 생각해 봤지만 별로 떠오르는 게 없었다.

침묵을 깬 것은 모자 장수였다. 그가 앨리스를 돌아보며 물었다.

"오늘이 며칠이지?"

그는 자기 주머니에서 시계를 꺼내서 때때로 흔들다가, 자기 귀에 댔다가 하며 안절부절못하고 시계를 보고 있었다.

앨리스가 잠시 생각해 보고 대답했다.

"4일이야."

모자 장수가 한숨을 쉬었다.

"이틀이 틀렸어! 내가 시계랑 버터가 안 맞을 거라고 했잖아!"

모자 장수가 3월의 토끼를 화난 표정으로 쳐다보며 덧붙였다.

"최고급 버터였는데."

3월의 토끼가 온순하게 대답했다.

"그래, 하지만 부스러기도 좀 들어갔나 봐. 네가 빵 칼로 집어넣지 말았어야 했어."

모자 장수가 투덜거렸다.

3월의 토끼는 시계를 꺼내서 침울하게 바라봤다. 그러고는 자기 찻잔에 시계를 담갔다가 다시 바라봤다. 그러나 그는 처음 했던 말보다 나은 말을 생각해 내지 못했다.

"너도 알다시피, 그건 최상의 버터였다고."

앨리스는 호기심을 갖고 토끼 어깨 너머를 쳐다봤다. 앨리스가 한마디 했다.

"정말 웃기는 시계야! 날짜는 알려 주고 시간은 알려 주지 않아!"

모자 장수가 중얼거렸다.

"왜 그래야 하는데? 네 시계는 몇 년도인지 알려 주니?"

앨리스가 냉큼 대답했다.

"물론 아니지, 하지만 년도는 같은 해가 오래 계속돼서 알려 줄 필요가 없기 때문이야."

모자 장수가 말했다.

"내 경우가 바로 그래."

앨리스는 몹시 어리둥절했다. 모자 장수의 말엔 아무런 의미가 없는 것 같았지만 그래도 분명 어떤 의미가 있는 건 확실했다. 앨리스는 최대한 공손하게 말했다.

"무슨 말인지 잘 모르겠어."

"동면 쥐가 다시 곯아떨어졌네."

모자 장수는 동면 쥐 코에 뜨거운 차를 조금 부었다.

동면 쥐가 짜증스럽게 물을 털더니 눈도 뜨지 않고 말했다.

"그래, 그래. 나도 바로 그 말을 하려던 참이야."

"너 이제 오늘이 며칠인지에 대한 수수께끼 답 알겠니?"

모자 장수가 다시 앨리스를 보고 물었다.

"모르겠어, 기권이야. 답이 뭐야?"

앨리스가 말했다.

"난 전혀 몰라."

모자 장수가 대답했다.

"나도 마찬가지야."

3월의 토끼가 말했다.

앨리스는 지친 한숨을 내쉬며 말했다.

"너희들 답도 없는 수수께끼를 내며 시간 낭비를 하느니 그 시간에 다른 걸 하는 게 낫겠다."

모자 장수가 말했다.

"네가 나만큼 시간을 알았다면 그것을 낭비하는 것이라고 이야기하지는 않았을 거야. '그것'이 아니고 '그분'이니까."

앨리스가 말했다.

"나는 네가 무슨 소리를 하는지 모르겠어."

모자 장수가 업신여기는 듯 고개를 홱 쳐들며 말했다.

"당연히 모르지! 너는 시간에게 말을 걸어 본 적도 없을걸!"

앨리스가 조심스럽게 대답했다.

"아마도 그럴 거야. 하지만 음악을 배울 때 박자를 맞춰야 하는 건 알아."

모자 장수가 말했다.

"아! 그래서 그러는구나. 시간 그분은 두들기*(박자 맞추다와 두들기다를 가리키는 말 beat의 말장난)는 걸 못 참아. 이제 네가 그분과 사이좋게 지내기만 하면, 네가 시계로 하고 싶은 것은 뭐든 거의 다 해 줄 거야. 예를 들어서, 수업 시작 시간인 아침 9시라고 해봐. 그냥 시간에게 살짝 한마디만

하면, 시계 바늘이 눈 깜짝할 새에 돌아가! 밥 먹을 시간인 1시 30분으로!" ("밥 먹을 시간이면 좋겠다." 3월의 토끼가 혼잣말을 했다.)

앨리스가 생각에 잠겨 말했다.

"그러면 좋겠네, 정말로, 그렇지만 그땐 배고프지 않을 것 같아."

모자 장수가 말했다.

"처음엔 그럴지도 몰라. 하지만 네가 원한다면 계속 시간을 1시 반에 머물게 할 수 있어."

앨리스가 물었다.

"너는 그렇게 하니?"

모자 장수가 서글프게 고개를 저었다.

"나는 아니야! 지난 3월 쟤(차 숟가락으로 3월의 토끼를 가리키며)가 미치기 전에 우리가 싸웠어. 하트 여왕이 베푼 대 연주회에서였는데, 그때 나는 이런 노래를 불렀지.

반짝, 반짝, 작은 박쥐!
너 지금 뭐 하니!

"너도 이 노래 알지?"

앨리스가 대답했다.

"들어 본 것 같아."

모자 장수가 다시 말했다.

"이렇게 계속되지."

> 세상 위를 나는구나,
> 하늘을 날아가는 차 쟁반 같이.
> 반짝, 반짝……

여기서 동면 쥐가 몸을 떨더니 여전히 자면서 노래하기 시작했다.

"반짝, 반짝, 반짝……"

너무 길게 계속해서 둘이 동면 쥐를 꼬집어 그만두게 해야 했다.

모자 장수가 말했다.

"글쎄, 첫 소절도 다 안 불렀는데, 여왕이 벌떡 일어나더니 외치는 거야. '저자가 시간을 죽이고 있다! 저자의 목을 쳐라!'라고.

앨리스가 외쳤다.

"끔찍이도 잔인하네!"

모자 장수가 침울한 목소리로 계속했다.

"그 이후, 시간은 내 부탁을 하나도 안 들어줘! 이제는 늘 6

시란다."

갑자기 생각이 나서 앨리스가 물었다.

"그래서 차 마시는 도구들이 이렇게 많이 나와 있는 거야?"

모자 장수가 한숨쉬며 대답했다.

"그래, 맞아. 항상 차 마시는 시간이야. 그래서 설거지할 시간이 없어."

"그럼 새 잔에 차를 못 마시는거야?"

모자 장수가 대답했다.

"아니. 다 마시면 자리만 바꿔."

"그런데 다시 처음으로 돌아가면 어떻게 돼?"

3월의 토끼가 하품을 하며 끼어들었다.

"우리 다른 얘기하자. 그 이야기는 지겨워졌어. 난 저 꼬마 아가씨가 이야기나 하나 해 주면 좋겠어."

"나는 아는 이야기가 없는데."

이 제안에 좀 놀라 앨리스가 말했다.

그러자 모자 장수와 3월의 토끼가 외쳤다.

"그럼 동면 쥐가 해! 일어나, 동면 쥐야!"

그러고는 둘은 바로 양쪽에서 동면 쥐를 꼬집었다.

동면 쥐가 천천히 눈을 뜨고는 목이 잠겨 맥없는 목소리로 말했다.

"나 안 잤어. 너희들이 하는 얘기 다 들었어."

"우리에게 이야기 하나 해 줘!"

3월의 토끼가 말했다.

"그래, 제발 해 줘!"

앨리스가 애원했다. 이어서 모자 장수가 덧붙였다.

"어서 해. 안 그러면 이야기가 끝나기 전에 넌 다시 잠들고 말 거야."

동면 쥐가 서둘러 이야기를 시작했다.

"옛날에 세 자매가 있었어. 이름이 엘지, 레이시, 틸리였고 우물 바닥에서 살고 있었는데……."

"뭘 먹고 살았어?"

늘 먹고 마시는 데 관심이 많은 앨리스가 끼어들었다.

"당밀을 먹고 살았어."

동면 쥐가 잠시 생각하더니 대답했다.

앨리스가 부드럽게 지적했다.

"그럴 수 없었을 텐데, 그거 먹으면 탈 났을 거야."

동면 쥐가 말했다.

"그래서 자매들은 심하게 아팠어."

앨리스는 그렇게 살면 어떨까 상상해 봤지만 너무 복잡해서 그냥 다른 질문을 했다.

"근데 왜 우물 밑바닥에서 살았어?"

"차 좀 더 마셔."

3월의 토끼가 매우 진지하게 앨리스에게 권했다.

"난 아직 아무것도 안 마셨으니까 더 마실 수는 없어."

앨리스가 기분 나빠 하며 말했다.

모자 장수가 끼어들었다.

"덜 마실 수 없다는 소리겠지. 더 먹는 것은 아주 쉬운데."

앨리스가 말했다.

"아무도 네 생각을 말해 달라고 하지 않았어."

모자 장수가 의기양양하게 말했다.

"지금 자기 생각을 말하고 있는 사람이 누군데?"

앨리스는 이 말에 딱히 할 말이 없어서, 차를 한 모금 마셨다. 그리고 동면 쥐에게 다시 물었다.

"자매들은 왜 우물 바닥에서 살았는데?"

동면 쥐는 또 잠시 생각하더니 대답했다.

"당밀 우물이었거든."

"그런 게 어디 있어!"

앨리스는 매우 화가 나서 말했다. 하지만 모자 장수와 3월의 토끼가 "쉬! 쉬!" 했고, 동면 쥐는 불쾌해하며 말했다.

"교양 있게 행동하지 않을 거면, 네가 이야기를 마저 끝내는 게 낫겠어."

앨리스가 사과했다.

"아니야, 제발 계속해 줘! 다시는 끼어들지 않을게. 그런 게 있을 수도 있지."

"그럼 있고말고!"

동면 쥐는 매우 화를 냈지만 그래도 이야기를 계속해 주기로 했다.

"그래서 어린 세 자매는 긷는 법을 배우고 있었어."

"뭘 길었는데?"

앨리스가 약속한 걸 깜빡 잊고 질문했다.

"당밀이지."

이번엔 동면 쥐가 잠시도 생각하지 않고 바로 대답했다.

모자 장수가 끼어들었다.

"깨끗한 컵이 필요해. 모두 한 자리씩 움직이자."

모자 장수가 말하며 자리를 옮기자 동면 쥐가 따라서 움직였다. 3월의 토끼가 동면 쥐 자리로 가고, 앨리스는 원치 않게 3월의 토끼 자리로 가게 됐다. 모자 장수만 자리를 움직여서 좋아졌다. 앨리스는 특히 나빠졌는데, 3월의 토끼가 방금 우유 주전자를 자기 접시에 엎었기 때문이었다.

앨리스는 또 동면 쥐의 기분을 거스를까 봐 매우 조심스럽게 말했다.

"그런데 이해가 안 돼. 그 자매들이 어디서 당밀을 길었어?"

모자 장수가 설명했다.

"물은 우물에서 길을 수 있으니까 당밀은 당밀 우물에서 길을 수 있지……. 너 바보니?"

"하지만 자매들은 우물 속에 있잖아."

앨리스가 모자 장수의 마지막 말은 못 들은 척하고 동면 쥐에게 말했다.

"물론 걔들은 속에서 잘 있었지."

이 대답에 너무 혼란스러워진 가여운 앨리스는 동면 쥐가 얼마간 이야기를 계속할 수 있도록 질문을 하지 않았다.

"자매들이 긷는 법을 배우고 있었는데,"

동면 쥐가 너무 졸려서 하품을 하고 눈을 비비며 이야기를 계속했다.

"'ㄷ' 자로 시작하는 온갖 종류의 것들을 길었어."

앨리스가 물었다.

"왜 'ㄷ' 자야?"

3월의 토끼가 물었다.

"그게 뭐 어때서?"

앨리스는 아무 말도 하지 않았다.

동면 쥐는 그때 눈이 감기면서 곧 잠에 곯아떨어지려고 했다. 하지만 모자 장수에게 꼬집히는 바람에 작게 비명을 지르며 잠에서 깨 이야기를 계속했다.

"'ㄷ'으로 시작하는 것들 예를 들어, 덫, 달, 돌멩이, 대동소이 그런 것들 말이야. '대동소이하다'라는 말 알지? 대동소이를 긷는 것 같은 것을 본 적이 있니?"

매우 혼란스러워서 앨리스가 대답했다.

"진짜, 지금 나한테 묻는 거야? 난 본 적 없는 것 같아."

모자 장수가 끼어들었다.

"그럼 말을 마."

앨리스는 더 이상 이런 모욕을 참을 수가 없었다. 매우 불쾌해서 벌떡 일어나 나왔다. 동면 쥐는 바로 잠이 들었고, 나머지 둘 누구도 앨리스가 가는 걸 전혀 눈치채지 못했다. 그래도 앨리스는 혹시나 자기를 부르지 않을까 한두 번 뒤를 돌아봤지만 그들은 동면 쥐를 찻주전자에 집어넣고 있었다.

한참을 걸어 앨리스는 숲속으로 난 길에 들어섰다.

"어쨌든 저기엔 다시는 안 갈 거야! 저런 엉터리 다과회는 정말 처음이야!"

이렇게 말하고 있는데 안으로 들어가는 문이 있는 나무 한 그루가 보였다. 앨리스는 생각했다.

'정말 이상해! 근데 어차피 오늘은 다 이상하니까. 서 있느니 당장 들어가는 게 좋겠어.'

앨리스는 안으로 들어갔다.

또 다시 긴 복도가 이어졌고, 작은 유리 탁자가 가까이 있었다.

"자, 이번엔 잘해 봐야지."

앨리스는 이렇게 중얼거리고는 먼저 작은 금 열쇠를 집어, 정원으로 통하는 문을 열었다. 그러고 나서 키가 30센티미터 정도 될 때까지 버섯을 먹기 시작했다. (주머니에 한 조각을 갖고 있었다.) 그런 다음 작은 통로로 걸어가자, 마침내 환한 꽃들이 피어 있는 화단과 시원한 분수가 있는 아름다운 정원 한가운데에 서 있는 자신을 발견했다.

선수들은 순서를 기다리지 않고 모두 한꺼번에 나와서는 시합 내내 말다툼하며 고슴도치를 차지하려고 싸웠고, 얼마 안 가 여왕이 노발대발 발을 구르며 거의 1분마다 "저놈의 목을 쳐라!"를 외쳐 댔다.

8장

여왕의 크로켓 경기장

커다란 장미 나무가 정원 입구에 서 있었다. 나무의 꽃은 흰 장미였는데, 정원사 세 명이 바쁘게 흰 장미꽃을 붉은 색으로 칠하고 있었다. 앨리스는 이상한 느낌에 자세히 보려고 가까이 다가갔다. 가까이 갔을 때, 그들 중 한 명이 말하는 소리가 들렸다.

"야, 5, 조심해! 나한테 그렇게 물감 좀 튀기지 마!"

5가 부루퉁하게 말했다.

"나도 어쩔 수 없었어. 7이 내 팔꿈치를 쳤단 말이야."

이 말에 7이 눈을 들고 말했다.

"그래, 5! 넌 항상 남 탓만 해!"

5가 말했다.

"넌 조용히 하는 게 좋을걸! 바로 어제 여왕님이 네 목을 쳐야 마땅하다고 하셨거든."

제일 먼저 이야기를 시작한 정원사가 물었다.

"무엇 때문에?"

7이 대답했다.

"2, 그건 네가 상관할 바가 아니야!"

5가 말했다.

"아냐, 재랑 상관있어! 내가 말해 줄 거야. 그건 네가 요리사에게 양파 대신 튤립 뿌리를 갖다 줬기 때문이야."

7이 붓을 내팽개치더니, "이렇게 부당한 일은 세상 처음"이라고 말을 시작하다가, 우연히 자기들을 쳐다보고 서 있는 앨리스를 보고는 딱 멈췄다. 다른 정원사들 역시 돌아보고는 모두들 깊이 머리 숙여 인사했다.

앨리스가 수줍게 물었다.

"죄송하지만, 왜 장미꽃에 색칠을 하는지 이야기해 주실 수 있으세요?"

5와 7은 잠자코 2만 쳐다봤다. 2가 낮은 목소리로 이야기하기 시작했다.

"사실은 말이죠, 아가씨. 여기 이 꽃은 빨간 장미 나무였어야 했는데 우리가 실수로 흰 장미를 심었어요. 여왕님이 아시는 날엔 우린 모두 목이 잘릴 거예요. 그래서 보시는 대로 여왕님이 오시기 전에 최선을 다하고 있답니다."

그때, 정원 저쪽을 계속 살피고 있던 5가 외쳤다.

"여왕님이시다! 여왕님이 오신다!"

정원사 세 명은 즉시 얼굴을 땅에 대고 엎드렸다. 여럿이 오는 발자국 소리가 들렸다. 앨리스는 여왕이 보고 싶어서 뒤를 돌아봤다.

맨 앞에 병사 열 명이 곤봉을 들고 왔다. 그들도 모두 정원사 셋처럼 직사각형 모양에 납작하게 생겼고 팔다리가 네 귀퉁이에 달려 있었다. 그 뒤로 온몸을 다이아몬드로 장식한 신하 열 명이 둘씩 짝을 지어 걸어왔다. 이들 뒤로는 왕자와 공주들 열 명이 둘씩 짝을 지어서 손을 잡고 즐겁게 뛰면서 따라왔다. 그들은 모두 하트로 장식하고 있었다. 그 다음은 주로 왕족인 손님들이 왔다. 그들 틈에는 하얀 토끼가 끼어 있었다. 토끼는 누가 말만 하면 쳐다보고 웃으며 조급하고 초조한 기색으로 이야기하느라 앨리스를 못 보고 지나갔다. 그 뒤로 진홍색 벨벳 쿠션 위에 왕관을 받쳐 들고 가는 하트 잭이 따라왔고, 이 굉장한 행렬의 맨 뒤에 하트 왕과 여왕이 왔다.

앨리스는 자기도 세 정원사처럼 바닥에 얼굴을 대고 엎드리지 않아도 될까 잠시 고민됐지만, 행렬에 그런 규칙이 있다는 소리를 들어 본 기억이 없었다. 앨리스는 생각했다.

'게다가 모두들 바닥에 얼굴을 대고 엎드려서 행렬을 보지 못하면, 행렬은 뭐하러 해?

그래서 앨리스는 그 자리에 가만히 서서 기다렸다.

행렬이 앨리스 맞은편에 왔을 때 그들은 모두 멈춰 서서 앨리스를 쳐다봤다. 여왕이 엄하게 물었다.

"얘는 누구냐?"

여왕이 하트 잭에게 물었는데, 잭은 대답 대신 그저 고개를 숙이며 미소만 지었다.

여왕이 화가 나서 고개를 홱 쳐들며 말했다.

"멍청이 같으니라고!"

그러고는 앨리스를 돌아보며 물었다.

"얘야, 네 이름이 뭐냐?"

"제 이름은 앨리스입니다, 폐하."

앨리스는 매우 공손하게 대답했다. 하지만 혼잣말로 덧붙였다.

'이것들은 카드일 뿐이잖아. 무서워할 필요 없어!'

"그리고 이것들은 누구냐?"

여왕이 장미 나무 둘레에 엎드린 정원사 셋을 가리키며 물었다. 그들이 바닥에 얼굴을 대고 엎드려 있었기 때문에 등 무늬가 다른 카드들과 같아서 누가 정원사인지, 누가 신하인지 구별할 수가 없었다.

앨리스가 스스로 놀랄 정도로 대담하게 대꾸했다.

"제가 어떻게 알겠어요? 저랑 아무 상관도 없는데."

여왕은 분노로 얼굴이 새빨개져서는 앨리스를 들짐승 보듯 잠시 노려보더니 고함을 질렀다.

"저 아이의 목을 쳐라! 당장!"

"말도 안 돼요!"

앨리스가 아주 크고 단호하게 외쳤다. 여왕은 잠자코 있었다.

왕이 여왕의 팔에 손을 얹으며 조심스럽게 말했다.

"여보, 봐줘요. 어린애잖아!"

여왕이 화를 내며 왕에게서 돌아서더니 잭에게 명령했다.

"저것들을 뒤집어!"

잭이 한 발로 정원사들을 뒤집었다.

"일어서!"

여왕이 크고 날카로운 소리로 명령하자, 세 정원사가

바로 벌떡 일어나 왕과 여왕, 왕자와 공주, 그 외 모든 사람들에게 절을 하기 시작했다.

여왕이 소리를 질렀다.

"어지럽구나, 당장 집어치워!"

그리고 장미 나무를 보며 물었다.

"너희들은 여기서 뭐 하고 있었느냐?"

"폐하, 저희는……."

2가 아주 공손하게 한쪽 무릎을 굽히며 말했다.

그 사이 장미꽃을 살펴보던 여왕이 말했다.

"무슨 짓을 했는지 알았다! 저들의 목을 쳐라!"

그리고 행렬은 계속됐고, 병사 세 명이 불행한 정원사들을 처형하기 위해 남았는데, 정원사들은 앨리스에게 달려와 보호를 요청했다.

"처형당하지 않게 해 줄게요!"

앨리스는 이렇게 말하고 그들을 근처에 있던 커다란 화분 안에 들어가게 해서 숨겼다. 세 병사는 잠시 그들을 찾아 돌아다니다가 조용히 행렬을 따라가 버렸다.

"그자들의 목을 쳤느냐?"

여왕이 소리쳤다.

"그자들의 머리가 사라졌습니다, 폐하!"

병사들이 큰 소리로 대답했다.

"잘했어! 너 크로켓 할 줄 아느냐?"

여왕이 외쳤다.

병사들은 입을 다물고 앨리스를 쳐다봤다. 여왕이 앨리스에게 물었기 때문이다.

"알아요!"

앨리스가 큰 소리로 대답했다.

"그럼 이리 오너라!"

여왕은 사납게 소리를 질렀다. 그래서 앨리스는 이제 무슨 일이 일어날까 궁금해하며 행렬에 합류했다.

"오늘은 날씨가 좋군!"

앨리스 옆에 있던 흰토끼가 걱정스러운 얼굴로 앨리스에게 말을 걸었다. 앨리스가 대답했다.

"그래. 그런데 공작부인은 어디 있어?"

"쉿! 조용히 해!"

토끼가 낮은 소리로 조급하게 말했다. 그러고는 걱정스러운 얼굴로 자기 어깨 너머로 주위를 살핀 다음 까치발을 하고 앨리스 귀에 대고 속삭였다.

"부인은 사형선고를 받았어."

앨리스가 놀라서 물었다.

"아니 왜?"

토끼가 물었다.

“너 ‘안 됐다!’라고 했니?”

앨리스가 대답했다.

“아니, 안 그랬어. 난 전혀 안 됐다고 생각하지 않아. 나는 ‘아니 왜?’라고 했어.”

“공작부인이 여왕의 뺨을 쳐서……”

토끼가 말하기 시작했는데 앨리스가 살짝 소리 내 웃었다. 토끼가 놀란 소리로 속삭였다.

“오, 쉿! 여왕이 듣겠어! 공작부인이 좀 늦게 왔어. 그래서 여왕이……”

“각자 자리로!”

여왕이 벼락같이 소리쳤다. 그러자 사람들이 허둥지둥 자기 자리로 돌아갔고, 시합이 시작됐다. 앨리스는 그렇게 이상한 크로켓 경기장은 태어나서 처음 봤다. 전부 골이 파져 울퉁불퉁했으며 공은 살아 있는 고슴도치, 채는 살아 있는 플라밍고였고, 병사들은 손과 발을 짚고 몸을 아치 모양으로 구부려 골대를 만들었다.

앨리스가 처음에 힘들었던 것은 플라밍고 다루기였다. 그래도 플라밍고를 발이 밑으로 내려오게 편안히 팔로 잡았다. 앨리스가 플라밍고 목을 쭉 펴서 머리로 고슴도치를 치려고 하면, 플라밍고가 고개를 꼬고 어찌나 어리둥절한 표정으로 그녀를 쳐다보던지 터져 나오는 웃음을 참

을 수가 없었다. 플라밍고 머리를 아래로 하고 다시 해 보려고 하면, 약 오르게도 고슴도치가 말았던 몸을 풀고 기어서 도망갔다. 이외에도 앨리스가 고슴도치를 보내려고 하는 곳마다 울퉁불퉁 골이 져 있고, 골대를 하고 있던 병사들은 그때마다 꼭 일어나 경기장 다른 쪽으로 가 버렸다. 곧 앨리스는 이건 정말로 어려운 시합이라는 결론을 내렸다.

선수들은 순서를 기다리지 않고 모두 한꺼번에 나와서는 시합 내내 말다툼하며 고슴도치를 차지하려고 싸웠고, 얼마 안 가 여왕이 노발대발 발을 구르며 거의 1분마다 "저놈의 목을 쳐라!"를 외쳐 댔다.

앨리스는 매우 불안해지기 시작했다. 분명 아직까지 여왕과 논쟁은 없었지만, 언제라도 일어날 수 있는 일이었다. 앨리스는 생각했다.

'그럼 나는 어떻게 될까? 여기는 사람들 목을 치는 걸 저리도 좋아하니 살아남는 사람이 있을까?'

앨리스가 어떻게 사람들 눈에 띄지 않고 도망칠 수 있을까 궁리하고 있는데, 공중에 이상한 것이 눈에 띄었다. 처음엔 뭔지 알 수 없었지만 잠시 살펴보니 씩 웃는 모양이었다.

"체셔 고양이군. 이제 대화 상대가 생겼어."

"어떻게 지내고 있니?"

말할 수 있을 만큼 입이 나타나자 고양이가 물었다.

'귀가 나타날 때까지, 적어도 한쪽 귀라도 나타나기 전까지는 대답해 봐야 소용없어.'

앨리스는 이렇게 생각해서 고양이 눈이 나타날 때까지 기다렸다가 고개를 끄덕였다.

잠시 후 머리 전체가 나타나자 앨리스는 플라밍고를 내려놓고, 자기 이야기를 들어줄 상대가 있음에 기뻐하며 시합에 대해 이야기하기 시작했다. 고양이는 이제 보일 만큼 나타났다고 생각했는지 그 이상 모습을 나타내지 않았다. 앨리스가 불평조로 이야기하기 시작했다.

"그들이 공정하게 시합한다는 생각이 전혀 안 들어. 그리고 너무 심하게 말다툼을 해서 말소리를 하나도 알아들을 수가 없어. 특히, 경기 규칙도 없는 것 같아. 설사 있다 해도 아무도 지키지 않아. 게다가 경기장이 살아서 움직이는 게 얼마나 혼란스러운지 넌 모를 거야. 예를 들어서, 내가 공을 넣어야 할 골대가 경기장 다른 쪽 끝으로 걸어가 버린다든지, 내가 막 치려고 한 여왕의 고슴도치가 내 고슴도치가 오는 것을 보고 도망쳐 버린다든지 말이야."

고양이가 낮은 목소리로 물었다.

"여왕은 마음에 드니?"

대답하던 도중에 여왕이 뒤에서 대화를 엿듣고 있다는 걸 눈치챈 앨리스는 이렇게 말했다.

"전혀. 여왕이 아주 심하게 좋아."

여왕은 미소 지으며 지나갔다.

"너는 누구랑 이야기하고 있느냐?"

이번에는 왕이 앨리스 쪽으로 와서 호기심에 가득찬 표정으로 고양이 머리를 쳐다봤다.

앨리스가 대답했다.

"제 친구 체셔 고양이예요. 소개해 드릴게요."

왕이 말했다.

"저것의 생김새는 전혀 마음에 안 들지만, 원한다면 내 손에 입맞춤하는 것은 허락하마."

고양이가 거절했다.

"그럴 생각 없는데요."

"무례하게 굴지 마라. 그리고 나를 그렇게 쳐다보지 마!"

왕은 그렇게 말하면서 앨리스 뒤로 갔다. 앨리스가 말했다.

"고양이도 왕을 쳐다볼 수 있지요. 책에서 봤는데 어느 책인지 생각이 안 나요."

"그래도 저 고양이는 없애 버려야 해."

왕이 매우 단호하게 말하고는 마침 지나가던 여왕을 불러세웠다.

"여보! 당신이 저 고양이를 없애 주면 좋겠소!"

여왕의 해결책은 늘 한 가지였다. 여왕은 돌아보지도 않고 말했다.

"저놈의 목을 쳐라!"

그러자 왕은 "내가 직접 가서 망나니를 데려오리다."라고 하고는 바삐 가 버렸다.

앨리스는 돌아가서 시합이 어떻게 되고 있는지 보는 편이 낫겠다고 생각했다. 그때 멀리서 순서를 놓친 선수 세 명을 처형하라는 여왕의 호통소리가 들렸다. 앨리스는 어수선한 경기장을 벗어나 자기 고슴도치를 찾으러 갔다.

앨리스의 고슴도치는 다른 고슴도치와 싸우고 있었다. 앨리스는 지금이 그 중 한 마리를 쳐서 이길 절호의 기회라고 생각했다. 단 한 가지 문제는 앨리스의 플라밍고가 정원 저쪽으로 가 버린 것이었다. 플라밍고는 부질없이 나무 위로 날아오르려 애쓰고 있었다.

앨리스가 플라밍고를 잡아서 돌아왔을 때는 이미 싸움이 끝나서 두 마리 고슴도치 다 사라지고 없었다. 앨리스는 생각했다.

'운동장 이쪽에 있던 골대가 전부 사라졌으니까 그래도 상관없어.'

그래서 앨리스는 플라밍고가 다시 도망가지 못하게 겨

드랑이 밑에 끼우고 체셔 고양이와 좀 더 대화를 나누기 위해 되돌아갔다.

앨리스가 체셔 고양이에게 돌아갔을 때, 사람들이 고양이를 잔뜩 둘러싸고 있었다. 망나니와 왕과 여왕이 언쟁을 벌이고 있었는데, 주위에 있는 나머지 사람들은 잠자코 있었지만 매우 불안해 보였다.

앨리스가 나타나자마자 세 사람 모두 문제를 해결해 달라고 앨리스에게 하소연했다. 앨리스는 셋이 한꺼번에 자기 이야기를 떠들어 대는 바람에 정확히 알아들을 수가 없었다.

망나니의 주장은 고양이 몸이 없기 때문에 목을 벨 수 없다는 것이었다. 그는 이전에도 이런 일은 해 본 적이 없으며, 앞으로도 절대 하지 않겠다고 주장했다.

왕은 머리가 있으면 목을 벨 수 있지 무슨 말도 안 되는 소리냐고 항의했다.

여왕은 당장 무슨 조치를 취하지 않으면 전부 사형에 처하겠다며 으름장을 놓았다. (이 말 때문에 모든 사람들이 그렇게 심각하고 불안한 표정이었던 것이다.)

"고양이는 공작부인 것이니 공작부인에게 물어보는 게 낫겠어요."

앨리스의 말을 듣고 여왕이 망나니에게 말했다.

"공작부인이 감옥에 있으니 가서 데려오너라."

망나니는 쏜살같이 달려갔다.

망나니가 자리를 뜨자마자 고양이 머리가 희미해지기 시작하더니, 망나니가 공작부인과 돌아왔을 때는 완전히 사라져 버렸다. 왕과 망나니는 고양이를 찾아 이리저리 정신없이 뛰어다녔고, 나머지 사람들은 신경쓰지 않고 다시 크로켓 시합을 시작했다.

"그래 맞아. 그것의 교훈은 '있는 그대로의 네가 돼라.' 더 간단히 말하자면 '너의 예전 모습이 다른 사람들에게 다르게 보였을 수도 있는 것처럼, 너 자신이 다른 사람에게 비친 너의 모습이랑 달리 보이지 않는다고 상상하지 말라.'야."

9장

가짜 거북 이야기

"너를 다시 봐서 얼마나 기쁜지 몰라!"

공작 부인이 다정하게 앨리스의 팔짱을 끼며 말했다. 둘은 함께 그 자리를 떠났다.

앨리스는 공작부인이 기분이 좋아진 걸 보고 기뻤다. 그리고 부엌에서 그렇게 사납게 군 것은 후추 때문이었는지도 모른다고 생각했다.

'내가 공작부인이 된다면, (그렇게 되길 바라는 것 같지는 않았다.) 부엌에 절대로 후추를 두지 않을 거야. 후추 없이도 수프는 얼마든지 끓일 수 있어. 사람들을 예민하게 만드는

게 바로 후추인 것 같아.'

새로운 법칙을 발견한 것에 매우 흡족해하며 앨리스는 계속 생각했다.

'사람들은 식초를 먹으면 까다로워지고, 카모마일을 먹으면 신랄해져. 그리고 사탕 같은 단것을 먹으면 상냥해져. 사람들이 이런 것을 알면 좋겠어. 그러면 단것에 그렇게 인색하게 굴지 않을 텐데.'

그 순간 공작부인의 존재를 까맣게 잊고 있다가 귓가에서 공작부인 목소리가 들려서 앨리스는 화들짝 놀랐다.

"너는 무슨 생각을 하느라 말하는 것도 잊었버렸니? 그것의 교훈이 지금 당장 떠오르지 않지만, 좀 있으면 생각날 거다."

앨리스가 대담하게 한마디 했다.

"별 교훈 없을걸요."

공작부인이 말했다.

"쯧쯧, 얘야! 모든 것에는 교훈이 있단다. 못 찾아서 그렇지."

공작부인은 말하면서 앨리스에게 바싹 다가왔다.

앨리스는 공작부인이 그렇게 가까이 있는 게 별로 달갑지 않았다. 우선 공작부인이 너무 못생겼고, 둘째는 공작부인의 키가 앨리스 어깨에 턱을 올려놓기 딱 알맞았는

데, 그 턱이 불편할 정도로 뾰족했기 때문이다. 그렇지만 앨리스는 예의를 지키려고 가능한 참았다.

대화를 이어가기 위해 앨리스가 말했다.

"이제 크로켓 경기가 좀 나아진 것 같네요."

"그렇구나, 이것의 교훈은 '오, 사랑, 사랑이 있어야 세상이 돌아간다!'는 거야."

앨리스가 작게 말했다.

"누구는 남 일 참견 말고 자기 일이나 잘 하라고 했죠!"

"아, 그게 그 뜻이야."

공작부인은 뾰족한 턱을 앨리스 어깨에 더 깊이 박으며 덧붙였다.

"그리고 그 말의 교훈은 '뜻을 잘 새기면 말은 알아서 나온다.'란다."

앨리스는 생각했다.

'매사에 교훈 찾기를 저렇게도 좋아하다니!'

조금 있다가 공작부인이 말했다.

"내가 왜 네 허리에 팔을 두르지 않는지 궁금해하는 것 같은데, 네 플라밍고가 성질부릴지 몰라서 그래. 그래도 한 번 시도해 볼까?"

앨리스는 그러고 싶은 생각이 전혀 없어서 조심스럽게 대답했다.

"물지도 몰라요."

"맞아, 플라밍고랑 겨자는 둘 다 물어. 이것의 교훈은, '유유상종'이야."

"하지만 겨자는 새가 아니잖아요."

"맞아, 늘 그렇듯이. 넌 어쩜 그렇게 말을 잘하니!"

앨리스가 말했다.

"겨자는 광물일걸요."

앨리스 말이라면 다 맞장구칠 기세로 공작부인이 말했다.

"물론이야. 이 근처에 큰 겨자 광산이 있어. 그것의 교훈은 '내 것이 많아질수록 네 것은 줄어든다.'*(광산과 내 것을 가르키는 말 mine의 말장난)야." 이 마지막 말은 듣지 않고 앨리스가 외쳤다.

"아, 알았어요! 겨자는 야채예요. 야채 같아 보이진 않지만 야채예요."

공작부인이 말했다.

"그래 맞아. 그것의 교훈은 '있는 그대로의 네가 돼라.' 더 간단히 말하자면 '너의 예전 모습이 다른 사람들에게 다르게 보였을 수도 있는 것처럼, 너 자신이 다른 사람에게 비친 너의 모습이랑 달리 보이지 않는다고 상상하지 말라.'야."

앨리스가 매우 공손하게 말했다.

"종이에 쓰면 좀 더 잘 이해할 수 있을 것 같아요. 말로만 들어서는 잘 모르겠어요."

공작부인이 흡족한 어조로 대답했다.

"맘만 먹으면 그 정도는 아무것도 아니야."

앨리스가 말했다.

"제발, 더 길게 말하느라 괜한 수고 마세요!"

"오, 수고라고 생각하지 마라! 지금까지 내가 이야기한 것 다 네게 선물로 주마."

앨리스는 생각했다.

'참 시시한 선물이네! 생일 선물로 그런 걸 주지 않는 게 얼마나 다행이야!'

하지만 앨리스는 차마 입 밖으로 소리 내어 말하지는 않았다.

공작부인이 다시 뾰족한 턱으로 앨리스의 어깨를 찌르며 물었다.

"또 생각하니?"

앨리스는 귀찮아지기 시작해서 쏘아부쳤다.

"나에게도 생각할 권리가 있어요."

부인이 말했다.

"돼지들이 날 권리가 있는 거나 마찬가지지. 그것의

교……."

그런데 놀랍게도 공작부인은 자신이 그토록 좋아하는 '교훈'을 말하다 말고, 앨리스를 잡고 있던 팔을 떨기 시작했다.

앨리스가 고개를 들어 보니 여왕이 팔짱을 끼고 당장 사형을 선고할 것 같은 표정으로 두 사람 앞에 서 있었다.

공작부인이 낮고 기어들어 가는 목소리로 말했다.

"날씨가 좋습니다, 폐하!"

여왕이 발을 구르며 소리 질렀다.

"자, 네게 마지막 기회를 주겠다. 당장 꺼지지 않으면 목이 날아갈 줄 알아! 선택해!"

공작부인은 선택을 했고, 바로 그 자리에서 사라졌다.

여왕이 앨리스에게 말했다.

"시합을 계속 하자."

앨리스는 갑작스러운 상황에 너무 놀라서 한마디도 못하고 천천히 여왕을 따라 크로켓 운동장으로 돌아갔다.

다른 손님들은 여왕이 없는 틈을 타 그늘에서 쉬는 중이었다. 여왕은 그 모습을 보고는 1초라도 경기를 늦추면 처형하겠다고 으름장을 놓았다.

그들이 경기를 하는 동안 내내 여왕은 다른 선수들과 다퉜고, 툭하면 "저놈의 목을 쳐라!"를 외쳐 댔다. 사형을 선고받은 사람들은 병사들에게 붙들려 감옥으로 끌려갔다. 그러느라 골대 노릇하던 병사들이 가 버려서 30분 뒤에는 남은 골대가 하나도 없었다.

왕과 왕비, 앨리스를 제외한 모든 선수들은 사형을 선고받고 감옥으로 끌려갔기 때문에 마침내 여왕은 시합을 그만두었다.

"얘야, 너 가짜 거북을 본 적 있니?"

여왕의 물음에 앨리스가 대답했다.

"아뇨, 저는 가짜 거북이 뭔지도 모르는걸요."

여왕이 말했다.

"가짜 거북은 가짜 거북 스프의 재료야."

여왕의 물음에 앨리스가 말했다.

"그런 건 듣도 보도 못했어요."

여왕이 말했다.

"그럼 와 봐라. 가짜 거북이 자기 이야기를 해 줄 거야."

그들이 같이 걸어가는데, 왕이 낮은 목소리로 모든 선수들에게 말했다.

"너희들은 모두 사면됐다."

앨리스가 안도하며 중얼거렸다.

"와, 잘됐네!"

여왕과 앨리스는 바로 태양 아래 금방 잠이 든 그리핀*(사자 몸통에 독수리의 머리와 날개를 지닌 신화적 존재)이 있는 곳까지 갔다.

여왕이 말했다.

"일어나, 이 게으름뱅이야! 이 아가씨가 가짜 거북 이야기를 들을 수 있게 데려다 줘. 난 돌아가서 내가 명령한 사형이 잘 집행됐는지 봐야 해."

그러고는 여왕은 앨리스만 남겨두고 가 버렸다. 앨리스는 그리핀의 모습이 별로 마음에 들지 않았지만, 잔인한 여왕을 따라가는 것보다는 그리핀과 남아 있는 편이 안전할 것 같았다.

그리핀이 일어나서 눈을 비볐다. 그러고는 여왕이 시야에서 완전히 사라질 때까지 기다렸다가 킥킥거리며 반은 스스로에게, 반은 앨리스에게 말했다.

"진짜 웃겨!"

그리핀의 말에 앨리스가 물었다.

"뭐가 웃겨?"

그리핀이 대답했다.

"여왕 말이야. 전부 다 여왕의 공상일 뿐이야. 아무도 처형하지 않는다고. 가자!"

천천히 그리핀을 따라가며 앨리스가 중얼거렸다.

"여기서는 누구나 '가자!'라고 하네. 이렇게 이래라저래라 하는 소리를 많이 듣기는 처음이야, 정말!"

얼마 가지 않았는데 저 멀리 가짜 거북이 보였다. 거북은 평평한 작은 바위 위에 앉아 있었는데, 그들이 가까이 가자 몹시 슬픈 듯이 한숨을 쉬었다. 앨리스는 그런 거북이 가여워 보여 그리핀에게 물었다.

"거북은 왜 슬퍼해?"

그리핀이 방금 전과 거의 흡사한 대답을 했다.

"전부 거북이 상상하는 거야. 슬픈 일 하나도 없어."

거북은 눈에 눈물이 글썽글썽해서는 아무 말도 하지 않았다. 그리핀이 말했다.

"여기 이 젊은 아가씨가 네 이야기가 듣고 싶대, 정말로."

가짜 거북이 깊고 공허한 목소리로 말했다.

"이야기해 줄게. 대신, 너희 둘 다 앉아서 내 이야기가 끝날 때까지 한마디도 하지 마."

그래서 그들은 앉았고, 잠시 정적이 흘렀다.

앨리스는 참을성 있게 기다렸다. 마침내 가짜 거북이 깊은 한숨을 쉬며 이야기를 시작했다.

"한때 나는 진짜 거북이었어."

그러고는 아주 긴 침묵이 이어졌는데 간혹 그리핀이 내지르는 "흐즈크르르!" 소리와 가짜 거북이 끊임없이 깊게 흐느끼는 소리만 들릴 뿐이었다. 앨리스는 벌떡 일어나 '재미있는 이야기 잘 들었어, 고마워.'라고 할 뻔하다, 그래도 이야기를 더 하겠지 싶어서 가만히 앉아 잠자코 있었다.

이윽고 가짜 거북이 여전히 가끔씩 흐느끼긴 했지만 좀 더 차분하게 이야기를 계속했다.

"우리가 어릴 적에, 바다에 있는 학교에 다녔어. 선생님은 나이 든 바다거북이었어. 우리는 선생님을 육지거북이라고 불렀지."

앨리스가 물었다.

"육지거북이 아닌데 왜 육지거북이라고 불렀어?"

가짜 거북이 화를 내며 말했다.

"선생님이 우리를 가르쳤으니까 육지거북*(taught us⌒우리를 가르쳤다 tortoise⌒육지거북과의 말장난)이라고 불렀지. 너 진짜 멍청하구나!"

그리핀이 거들었다.

"그렇게 단순한 걸 묻다니 부끄러운 줄 알아."

그러고는 둘이서 가만히 앉아서 가여운 앨리스를 바라봤다. 앨리스는 땅속으로 꺼지고 싶은 심정이었다. 마침내 그리핀이 가짜 거북에게 말했다.

"계속해, 친구! 질질 끌지 말고!"

그러자 가짜 거북이 이렇게 말을 이었다.

"그래, 우리는 바다에 있는 학교에 다녔어. 너는 못 믿는 것 같지만."

앨리스가 끼어들었다.

"나는 그렇게 말한 적 없어!"

가짜 거북이 말했다.

"그랬어."

앨리스가 입을 열기도 전에 그리핀이 덧붙였다.

"입 다물어!"

가짜 거북이 계속했다.

"우리는 최상의 교육을 받았어. 실제로 우린 매일 학교에 갔으니까."

앨리스가 끼어들었다.

"나도 매일 학교에 다녔어. 그런 걸 자랑할 건 없잖아."

가짜 거북이 좀 불안한 듯 물었다.

"보충 수업도 했어?"

앨리스가 대답했다.

"그럼, 프랑스어랑 음악도 배웠어."

가짜 거북이 물었다.

"그럼 빨래는?"

앨리스가 발칵 화를 내며 말했다.

"그런 건 안 배워!"

가짜 거북이 매우 안도하며 말했다.

"아! 그러면 그 학교는 진짜 좋은 학교가 아냐. 우리 학교에서는 등록금 고지서에 끝에 '프랑스어, 음악, 그리고 빨래(비용 별도)'라고 되어 있어."

앨리스가 말했다.

"바다 밑바닥에 살아서 넌 빨래가 별로 필요 없을 텐데."

가짜 거북이 한숨을 푹 쉬더니 말했다.

"나는 보충 수업받을 형편이 안 돼서 정규 수업만 받았어."

앨리스가 물었다.

"정규 수업은 뭐였는데?"

가짜 거북이 대답했다.

"당연히 우선 휘청거리기*(reeling⌒휘청거리다 reading⌒읽기와의 말장난)와 비틀기*(writhing⌒비틀기 writing⌒쓰기와의 말장난)를 배우고, 그 다음에 야망*(ambition⌒야망 addition⌒덧셈과의 말장난), 주의 산만*(distraction⌒주의 산만 subtraction⌒뺄셈과의 말장난), 추화*(uglification⌒추화 multiplication⌒곱셈과의 말장난), 조롱*(derision⌒조롱 division⌒나눗셈과의 말장난)같은 연산의 다양한 분야를 배워."

앨리스가 용기를 내서 물어봤다.

"'추화'라는 말은 처음 들어 봐. 그게 뭐야?"

그리핀이 놀라 앞발을 쳐들며 외쳤다.

"뭐라고! 추화란 말을 처음 들어 본다고? 너 '미화하다'라는 말은 알겠지?"

앨리스가 자신 없이 대답했다.

"응, 더 예쁘게 만든다는 뜻이잖아."

그리핀이 계속했다.

"그래, 그런데 추화하다를 모른다면, 넌 정말 바보구나."

앨리스는 그건 더 물어보고 싶지 않아서 가짜 거북을 돌아보고 물었다.

"다른 건 또 뭘 배웠니?"

가짜 거북이 앞발로 과목들을 꼽아 가며 대답했다.

"음, 신비*(mystery-신비 history-역사와의 말장난)라는 과목이 있었어. 고대와 현대의 신비에 관한 것이야. 해양지리*(seography-해양지리 geography-지리와의 말장난)도 배우고, 느리게 말하기(drawling-느리게 말하기 drawing-그리기와의 말장난)도 있었어. 느리게 말하기 선생님은 나이 든 붕장어였는데 일주일에 한 번씩 와서 느리게 말하기, 체조*(stretching-체조 sketching-스케치하기와의 말장난), 몸을 말아서 기절한 척하기*(fainting⌒기절 painting⌒그리기와의 말장난)를 가르쳤어."

앨리스가 물었다.

"그게 어떻게 하는 건데?"

가짜 거북이 대답했다.

"음, 내가 직접 보여 줄 순 없어. 나는 너무 뻣뻣해. 그리핀은 배운 적이 없고."

그리핀이 말했다.

"나는 시간이 없었어. 그래도 나는 고전 선생님에게 배웠어. 선생님은 나이 많은 게였어. 그랬어."

가짜 거북이 한숨 쉬며 말했다.

"나는 그 선생님한테 배운 적이 없어. 웃기와 슬픔을 가르쳤다고 하던데."

"맞아, 그랬어."

이번에는 그리핀이 한숨을 쉬며 말했다. 그러고는 두 동물 모두 앞발로 얼굴을 가렸다.

앨리스가 급히 화제를 바꾸며 물었다.

"수업은 하루에 몇 시간 했어?"

가짜 거북이 대답했다.

"첫날은 하루에 열 시간, 다음 날은 아홉 시간, 그렇게 했어."

앨리스가 외쳤다.

"정말 이상한 시간표네!"

그리핀이 말했다.

"날이 갈수록 줄기 때문에 수업*(lesson⌒수업 lessen⌒줄어들다와의 말장난)이라고 하는 거야.

앨리스는 한 번도 해 보지 못한 생각이라 잠시 생각해 보고 말을 이었다.

"그럼 열하루째 되는 날은 휴일이었겠네?"

가짜 거북이 대답했다.

"물론이지."

앨리스가 계속해서 열정적으로 질문했다.

"그러면 십이 일에는 어떻게 했어?"

이 대목에서 그리핀이 아주 단호한 어조로 말을 끊었다.

"수업 이야기는 그만하고 이제 이 아가씨에게 놀이 이야기를 해 줘."

"내 모험 이야기는, 오늘 아침부터야. 어제 얘기는 할 필요가 없어, 그때의 나는 지금과 다른 사람이었으니까."

10장

바닷가재 카드리유 춤

가짜 거북은 깊게 한숨을 쉬고는 한쪽 발등으로 눈을 가렸다. 그리고 앨리스를 보고 무슨 말인가 하려다가 잠시 흐느끼느라 목이 메었다.

"가시가 목에 걸린 것 같네."

그리핀이 가짜 거북을 흔들며 등을 두드리기 시작했다. 마침내 목소리가 돌아오자 가짜 거북은, 두 뺨에 눈물을 줄줄 흘리며 다시 이야기를 하기 시작했다.

"너는 바다 밑에서 살아 본 적이 없을 거야. ("없어." 앨리스가 대답했다.) 그리고 바닷가재를 만나 본 적도 없을 거고. (앨리스는 "먹어 본 적은"이라고 하다 아차 싶어 "한 번도 만난 적 없어."라고 말했다.) 그럼 바닷가재 카드리유*(18세기 후반에 비롯된 프랑스 사교춤의 하나로 네 사람의 남녀가 한 조가 되어 사방에서 서로 마주보고 추는데, 19세기 무렵에는 전 유럽에서 유행했다.)가 얼마나 재미있는지 모를 거야."

앨리스가 대답했다.

"정말 몰라. 어떤 춤인데?"

그리핀이 설명했다.

"그러니까, 우선 바닷가를 따라 한 줄로 늘어서서"

가짜 거북이 소리쳤다.

"두 줄이야! 바다표범, 바다거북, 연어 등등 말이야. 그리고 해파리들을 다 치우면"

이번에는 그리핀이 끼어들었다.

"그게 꽤 시간이 걸려."

"두 걸음 앞으로 나가서"

그리핀이 소리쳤다.

"각자 바닷가재와 짝이 돼서!"

가짜 거북이 말했다.

"물론이지. 두 걸음 앞으로 가서 짝을 이루고"

그리핀이 계속했다.

"상대를 바꾸고 같은 순서로 뒤로 물러나고"

가짜 거북이 계속했다.

"그런 다음, 가재들을"

그리핀이 팔짝 뛰어오르며 외쳤다.

"바다 저 멀리로 던져 버려!"

그리핀이 소리쳤다.

"바닷가재를 따라 헤엄을 쳐!"

가짜 거북이 크게 겅중겅중 뛰며 외쳤다.

"바다에서 공중제비를 돌아!"

그리핀이 목청껏 외쳤다.

"바닷가재를 또 바꿔!"

가짜 거북이 갑자기 목소리를 낮추며 말했다.

"다시 뭍으로 돌아와. 여기까지가 첫 번째 동작이야."

미친듯이 날뛰던 두 동물이 앉아서 조용히 아주 슬픈 표정으로 앨리스를 쳐다봤다.

앨리스가 소심하게 말했다.

"아주 예쁜 춤이었겠다."

가짜 거북이 말했다.

"어떻게 하는지 좀 보고 싶니?"

앨리스가 대답했다.

"응, 정말 많이 보고 싶어."

가짜 거북이 그리핀에게 말했다.

"자, 첫 번째 동작을 해 보자! 바닷가재 없이도 할 수 있잖아. 누가 노래할까?"

그리핀이 말했다.

"아, 네가 해. 난 가사를 까먹었어."

그래서 그들은 앨리스 주위를 빙빙 돌며 엄숙하게 춤을 추기 시작했다. 가끔 너무 가까이 지나가다 앨리스 발가락을 밟기도 하고, 박자를 맞추기 위해 앞발을 흔들기도 하면서 가짜 거북은 느릿느릿 구슬프게 이런 노래를 불렀다.

작은 대구가 달팽이에게 물었다네.
너 좀 더 빨리 걸을래?
우리 바로 뒤에 돌고래 한 마리가 내 꼬리를 밟아.
바닷가재랑 바다거북들이 다 함께
얼마나 열심히 앞장서
가는지 봐!
걔들이 자갈 위에서 기다리고 있어
(너도 와서 같이 춤출래?)
출래, 말래, 출래, 말래, 우리랑 같이 춤출래?
출래, 말래, 출래, 말래, 우리랑 같이 춤출래?'
걔들이 바닷가재랑 같이 우리를 들어 올려서

바다로 던지면 얼마나 재미있는지 넌 정말 모를 거야!
하지만 달팽이는 대답했지.
너무 멀어, 너무 멀다고!
그러고는 미심쩍은 표정으로
작은 대구에게 상냥하게 고맙다고 말했지만,
같이 춤추지는 않겠다고 했어.
안 춰, 못 춰, 안 춰, 못 춰, 추지 않을래.
안 춰, 못 춰, 안 춰, 못 춰, 추지 않을래.

멀리 가면 어때?
비늘 달린 친구가 대답했네.
반대편에도 해변이 또 있어.
영국에서 멀어질수록 프랑스에 가까워져
그러니까 사랑스런 달팽이야
하얗게 질리지 말고 우리랑 춤추자.
출래, 말래, 출래, 말래, 우리랑 같이 춤출래?
출래, 말래, 출래, 말래, 우리랑 같이 춤출래?

드디어 춤이 끝나서 다행이라고 생각하며 앨리스가 말했다.

"잘 봤어, 정말 재미있는 춤이야. 그리고 작은 대구에 관

한 그 신기한 노래가 너무 마음에 들어!"

가짜 거북이 말했다.

"아, 작은 대구에 관해서라면, (너도 물론) 작은 대구를 본 적이 있지?"

앨리스가 대답했다.

"응. 자주 봤지."

가짜 거북이 말했다.

"자주 봤으면 당연히 어떻게 생겼는지 알겠네."

앨리스는 생각에 잠겨 대답했다.

"그럴 거야. 작은 대구는 입에 꼬리를 물고 있고, 그리고 빵가루를 뒤집어쓰고 있어."

가짜 거북이 말했다.

"빵가루는 네가 잘못 안 거야. 빵가루는 바닷물에 다 씻기지. 하지만 정말 꼬리는 입에 물고 있어. 그 이유는,"

가짜 거북이 하품을 하고 눈을 감고는 그리핀에게 말했다.

"네가 그 이유를 전부 이 아가씨에게 이야기해 줘."

그리핀이 말했다.

"그 이유는 작은 대구가 바닷가재와 춤을 추러 가곤 했기 때문이야. 그러다가 둘은 바다에 던져졌지. 그렇게 멀리 떨어지다 보니 꼬리가 입에 꽉 박히게 된 거야. 그래서 다시 꼬리를 뺄 수가 없었어. 그게 전부야."

앨리스가 말했다.

"고마워. 아주 재미있었어. 나는 작은 대구에 대해 그렇게 많이 알지 못했었는데."

그리핀이 말했다.

"원하면 더 말해 줄 수도 있어. 너 왜 작은 대구의 이름이 대구인지 알아?"

앨리스가 대답했다.

"생각해 본 적도 없어. 왠데?"

그리핀이 매우 엄숙하게 말했다.

"그걸로 장화나 신발을 닦기 때문이야."

앨리스는 완전히 어리둥절해져서, 놀란 목소리로 되풀이했다.

"장화나 신발을 닦는다고?"

그리핀이 말했다.

"아니, 네 신발은 무엇으로 닦는데? 그러니까 뭘로 광나게 했냐고?"

앨리스는 자기 신발을 내려다보며 잠시 생각해 본 다음 대답했다.

"구두약일걸."

그리핀이 깊은 목소리로 말을 이었다.

"바다 속에서는 부츠나 신발을 흰색 구두약*(대구와 흰색 구두약을 가리키는 말 whiting의 말장난)으로 닦아. 이제 알겠지."

앨리스가 매우 궁금하다는 듯 물었다.

"그 구두약은 뭐로 만드는데?"

그리핀이 좀 짜증스럽게 대답했다.

"물론 가자미랑 뱀장어지. 하찮은 새우도 다 아는 사실인데."

아직도 노래 생각이 머리에서 떠나지 않은 앨리스가 말했다.

"내가 작은 대구라면, 돌고래에게 '물러나, 우린 너랑 함께 있고 싶지 않아!'라고 말했을 거야."

가짜 거북이 말했다.

"그들은 돌고래와 함께 해야만 했어. 현명한 물고기라면 어디를 가든 반드시 돌고래와 함께 가지."

앨리스가 매우 놀라며 물었다.

"정말 그래?"

가짜 거북이 대답했다.

"물론이지. 어느 물고기가 내게 와서 여행을 떠날 거라고 하면, 나는 묻지. '어떤 돌고래랑?'"

앨리스가 말했다.

"무슨 '목적'*(porpoise-돌고래 purpose-목적과의 말장난)이냐고 물었겠지."

가짜 거북이 기분 나쁘다는 듯 말했다.

"내가 한 말이 맞거든."

그리핀이 끼어들었다.

"자, 이제 네 모험 이야기를 들려줘."

앨리스가 약간 조심스럽게 말했다.

"내 모험 이야기는, 오늘 아침부터야. 어제 얘기는 할 필요가 없어, 그때의 나는 지금과 다른 사람이었으니까."

거북이 말했다.

"모두 다 설명해 봐."

그리핀이 조바심을 내며 말했다.

"아냐, 안 돼! 모험 이야기 먼저 해. 다 설명하려면 엄청 시간을 잡아먹잖아."

그래서 앨리스는 흰토끼를 처음 봤을 때부터 자신의 모험 이야기를 시작했다. 처음에는 두 동물이 눈을 동그랗게 뜨고 입은 크게 벌린 채 양 옆에 딱 붙어 있어서 좀 불안했지만, 말을 할수록 용기가 났다. 앨리스의 청중들(가짜 거북과 그리핀)은 앨리스가 애벌레에게 '윌리엄 신부님, 신부님은 늙으셨어요'를 외워 주는 부분을 할 때까지 아주 조용히 들었다. 그런데 말이 영 딴판으로 나왔다고 하자 가짜 거북이 긴 한숨을 내쉬며 말했다.

"그것 참 이상하네."

그리핀이 말했다.

"정말 이상하기 짝이 없네."

가짜 거북이 생각에 잠겨 되풀이했다.

"영 딴판으로 나오다니! 지금 저 아이한테 다른 걸 외워 보라고 해 보고 싶어. 시작하라고 해."

가짜 거북은 마치 그리핀이 앨리스에게 권위 같은 거라도 있다고 생각하는 것 같았다.

그리핀이 말했다.

"일어서서 '그것은 나태한 사람의 목소리'를 외워 봐."

앨리스는 생각했다.

'동물이 사람에게 자꾸 이래라저래라 시키면서, 배운 걸 외워 보라고 하다니! 당장 학교로 가는 게 낫겠어.'

그래도 앨리스는 일어서서 외우기 시작했다. 그런데 앨리스 머릿속이 바닷가재 카드리유로 꽉 차서 자신이 무슨 말을 하는지도 모르게 정말로 이상하게 외웠다.

그것은 바닷가재의 목소리였어.
바닷가재가 선언하는 소리를 들었거든.
네가 나를 너무 바싹 구워서,
내 머리카락에 설탕을 뿌려야 해.

오리가 눈꺼풀로 하듯이, 바닷가재는
코로 허리띠와 단추를 정리하고, 발가락을 내밀었네.
모래가 다 마르면, 바닷가재는 종달새처럼 명랑하게
상어처럼 건방지게 말한다네.
하지만 밀물이 밀려와서 상어들이 나타나면,
바닷가재는 자신 없는 떨리는 목소리로 변해.

그리핀이 말했다.

"내가 어릴 때 하던 거랑 달라."

가짜 거북이 말했다.

"글쎄, 들어 본 적은 없지만 내용이 정말 말도 안 돼."

앨리스는 아무 말도 하지 않았다. 얼굴을 손에 묻고 앞으로 다시 정상적인 일이 일어날 수 있을까 생각했다.

가짜 거북이 말했다.

"설명을 해 보라고 하고 싶은데."

그리핀이 서둘러 말했다.

"재는 설명 못할 거야. 계속 다음 구절을 외워 봐."

가짜 거북이 물고 늘어졌다.

"그런데 발가락 있잖아. 어떻게 바닷가재가 코로 발가락을 내밀 수 있지?"

앨리스가 말했다.

"그건 춤의 첫 동작이야."

하지만 전부 다 너무 혼란스러워서 앨리스는 화제를 바꾸고 싶은 마음이 간절했다.

그 마음을 아는지 모르는지 그리핀이 조급하게 재촉했다.

"다음 구절을 이어서 외워 봐. '나는 그의 정원을 지나갔네.'로 시작해."

앨리스는 다 틀리게 나올 거라는 걸 알았지만, 감히 거절하지 못하고 떨리는 목소리로 계속했다.

나는 그의 정원을 지나다가 곁눈질을 했지.
어떻게 올빼미와 검은 표범이 파이를 나눠 먹는지.
검은 표범은 파이 껍질이랑 국물과 고기를 먹고,
올빼미는 자기 몫으로 접시를 먹었지.
파이가 다 없어지자,
올빼미는 숟가락을 선물로 주머니에 넣어가도 된다고
허락을 받았지.
반면 검은 표범은 으르렁거리며 포크와 나이프를 받았고,
연회가 끝나자…….

가짜 거북이 끼어들었다.

"설명도 없이 다 외우기만 하면 무슨 소용이 있어? 이렇게 헷갈리는 시는 처음이야!"

그리핀이 맞장구를 쳤다.

"그래, 그만두는 게 좋겠어."

앨리스도 너무나 바라던 바였다.

그리핀이 계속했다.

"우리 바닷가재 카드리유의 다른 동작을 해 볼까? 아니면 가짜 거북이 네게 노래를 한 곡 불러 주면 좋겠니?"

"오, 가짜 거북이 그래 준다면, 노래를 부탁해!"

앨리스가 너무나 간절히 원하자, 그리핀은 좀 언짢다는 듯 말했다.

"흠! 취향하고는! 저 아가씨에게 '거북이 수프'를 불러 줄래, 친구?"

가짜 거북이 땅이 꺼지게 한숨을 쉬고는 노래하기 시작했는데, 가끔씩 흐느끼느라 목이 메었다.

먹음직한 수프
그렇게 진한 맛의 녹색 수프가
수프 그릇 속에서 기다리고 있구나!
저렇게 맛있는 음식에 몸을 굽히지 않을 사람이 있을까?
저녁의 수프, 아름다운 수프!

저녁의 수프, 아름다운 수프!
아아아아름다아아우운 수우우우프!
아아아아름다아아우운 수우우우프!
저어어녁의 수우우우프
아름답고, 아름다운 수프!

아름다운 수프!
누가 생선이나, 게임, 어떤 다른 요리를 좋아할까?
누가 단돈 2푼짜리 아름다운 수프에 다른 어떤 것이라도
기꺼이 주지 않을까?
2푼짜리 아름다운 수프에
아아아아름다아아우운 수우우우프!
아아아아름다아아우운 수우우우프!
저어어녁의 수우우우프
아름답고, 아름다운 수프!

그리핀이 소리쳤다.

"후렴 반복!"

가짜 거북이 막 반복하려는데 멀리서 "재판 시작!"이라고 외치는 소리가 들렸다.

그리핀이 "이리 와 봐!"라고 소리치더니 앨리스의 손

을 잡고는 노래를 끝까지 듣지도 않고 서둘러 자리를 떠났다.

"무슨 재판이야?"

앨리스가 뛰느라 숨을 헐떡거리며 물었지만, 그리핀은 "어서 와!"라고만 하며 더 빨리 달렸다. 슬픔에 젖은 가짜 거북의 노래가 그들 뒤로 부는 미풍에 실려 점점 희미하게 들렸다.

저어어녁의 수우우우프,
아름답고, 아름다운 수프!

하트 여왕은 어느 여름날 하루 종일 타르트를 만들었다. 하트 잭이 그 타르트를 훔쳐서 멀리 도망쳐 버렸다!

11장

누가 타르트를 훔쳐 갔나?

그들이 도착했을 때 하트 왕과 여왕은 의자에 앉아 있었다. 그 주변에는 카드와 온갖 종류의 작은 새들과 짐승들이 잔뜩 모여 있었다. 그들 앞에는 잭이 서 있었는데, 사슬에 묶여 양쪽에 병사 한 명이 지키고 있었다. 왕 옆에는 토끼가 한 손에는 나팔을, 다른 손에는 양피지 두루마리를 들고 있었다. 법정 한가운데에 탁자가 있었는데 그 위에 커다란 타르트 접시가 놓여 있었다. 타르트가 너무 맛있게 보여서 앨리스는 그것들을 보자 배가 고파졌다. 앨리스는 생각했다.

'빨리 재판을 끝내고 간식을 나눠 줬으면 좋겠네!'

하지만 전혀 그럴 기미가 안 보여서 앨리스는 시간을 보내기 위해 주위의 모든 것들을 살펴보기 시작했다.

앨리스는 전에 한 번도 법정에 가본 적은 없지만 책에서 본 적이 있어서 거기 있는 것들의 이름을 거의 다 알 수 있다는 사실이 기뻤다. 앨리스는 혼잣말을 했다.

"커다란 가발을 보니, 저건 판사야."

그런데 판사는 왕이었다. 왕은 가발 위에 왕관을 써서 전혀 편안해 보이지 않았고, 앞으로도 그럴 것 같지 않았다. 앨리스는 생각했다.

'그리고 저건 배심원석이야. 그리고 저 열두 마리 생물들(앨리스는 "생물들"이라고 말할 수밖에 없었는데, 그 중 일부는 동물이고, 일부는 새였기 때문이다.)이 배심원일 거야.'

앨리스는 자기 같이 어린 소녀들 중에 이 말 뜻을 아는 애들이 거의 없다는 생각에 스스로 자랑스러워 마지막 단어를 혼자 두세 번 중얼거렸다.

열두 명의 배심원들은 모두 바쁘게 석판에 뭔가를 쓰고 있었다. 앨리스가 그리핀에게 물었다.

"재들이 뭐하고 있는 거야? 재판이 시작되기 전이라 적을 것도 없는데."

그리핀이 속삭이는 말로 대답했다.

"자기 이름을 적는 거야. 재판이 끝나기도 전에 자기 이름을 잊어버릴까 봐 그러는 거지."

"바보들이네!"

앨리스는 화난 목소리로 크게 말하기 시작했지만 곧 멈췄다. 흰토끼가 "법정 내에서 정숙하시오!"라고 외쳤고, 왕이 안경을 쓰고 누가 이야기하는지를 보려고 주위를 열심히 둘러봤기 때문이었다.

앨리스는 배심원들 어깨 너머로 본 것처럼 그들이 모두 '바보들이네!'를 적고 있다는 걸 알 수 있었고, 그중 하나는 '바보들'의 맞춤법을 몰라서 옆 배심원에게 물어봐야 했다는 것도 알 수 있었다. 앨리스는 생각했다.

'재판이 끝나기도 전에 석판이 엉망진창이 되겠군!'

한 배심원은 끽끽 소리가 나는 연필로 쓰고 있었다. 당연히 앨리스는 이 소리를 참을 수가 없어서 법정을 돌아 그의 뒤로 다가갔다. 그러고는 금방 연필을 빼앗을 기회를 잡았다. 앨리스가 하도 잽싸게 낚아채 가는 바람에 가엾은 어린 배심원(그것은 도마뱀, 빌이었다.)은 어떻게 된 일인지 영문을 몰라 여기저기 찾아보다가 결국 손가락으로 나머지를 적어야 했다. 하지만 손가락으로는 석판에 아무런 흔적도 남길 수 없어 소용없는 짓이었다.

왕이 명령했다.

"전령관, 고소장을 읽으시오!"

이에 흰토끼는 나팔을 세 번 불고 양피지 두루마리를 펼쳐 읽었다.

하트 여왕은 어느 여름날
하루 종일 타르트를 만들었다.
하트 잭이 그 타르트를 훔쳐서
멀리 도망쳐 버렸다!

왕이 배심원들에게 말했다.

"평결을 내리시오."

토끼가 급히 말렸다.

"아직, 아직 아닙니다! 그전에 할 일이 아주 많이 있습니다."

왕이 명령했다.

"첫 번째 증인을 부르시오!"

흰토끼가 나팔을 세 번 불고 나서 외쳤다.

"첫 번째 증인!"

첫 번째 증인은 모자 장수였다. 그는 한 손에는 찻잔을 다른 손에는 버터 바른 빵을 갖고 들어왔다. 그가 말하기 시작했다.

"이런 것들을 들고 들어온 것을 용서해 주십시오, 폐하. 차를 다 못 마셨는데 오라는 연락을 받았거든요."

왕이 말했다.

"다 먹고 왔어야지. 다과회를 언제 시작했지?"

모자 장수는 동면 쥐와 팔짱을 끼고 법정에 따라 들어온 3월의 토끼를 쳐다보며 대답했다.

"3월 14일인 것 같습니다."

3월의 토끼가 말했다.

"15일입니다."

동면 쥐가 말했다.

"16일입니다."

왕이 배심원들에게 말했다.

"다 적으시오."

배심원들은 자기 석판에 세 날짜를 모두 적고 나서 다 더한 다음 펜스*(영국의 화폐 단위)로 환산해서 답을 적었다.

왕이 모자 장수에게 말했다.

"모자를 벗어라."

모자 장수가 대답했다.

"제 모자가 아닙니다."

왕이 배심원들을 돌아보며 외쳤다.

"훔쳤군!"

배심원들은 바로 사실 기록을 했다.

모자 장수가 설명을 덧붙였다.

"팔려고 갖고 있는 겁니다. 제 것은 하나도 없어요. 저는 모자 장수이니까요."

여기서 여왕이 눈을 찌푸리고 모자 장수를 노려봤다. 모자 장수는 안색이 창백해지고 어쩔 줄 몰라 했다.

왕이 말했다.

"증언을 해라. 초조해하지 말고. 안 그러면 그 자리에서 네 목을 베겠다."

이 말이 증인에게 전혀 용기를 주지 못한 것 같았다. 모자 장수는 불안한 눈으로 여왕을 쳐다보며 계속해서 발을 번갈아 들었다 놨다 하다가, 정신없이 버터 바른 빵 대신 찻잔을 덥석 깨물었다.

바로 이 순간 앨리스는 기분이 아주 이상했는데 한참을 왜 그런지 모르다가 마침내 깨달았다. 몸이 다시 커지기 시작했던 것이다. 앨리스는 처음에는 일어나서 법정을 나갈까 하다가 공간이 허락되는 한 남아 있기로 마음먹었다.

옆에 앉아 있던 동면 쥐가 말했다.

"자꾸 밀지 마, 숨도 못 쉬겠어."

앨리스가 온순하게 말했다.

"그러고 싶어서 그러는 게 아니야. 내 몸이 자라고 있어서 그래."

동면 쥐가 말했다.

"넌 여기서 커질 권리가 없어."

앨리스가 좀 더 대담하게 말했다.

"말도 안 되는 소리 하지 마. 너도 자라고 있으면서."

동면 쥐가 말했다.

"맞아, 하지만 나는 적당히 자라지 그렇게 우스꽝스럽게 커지지 않아."

그러고는 아주 부루퉁한 얼굴로 법정의 반대편으로 가로질러 가 버렸다.

이러는 내내 여왕은 모자 장수에게서 눈을 떼지 않고 계속 노려보고 있었다. 동면 쥐가 법정을 가로질러 가자, 여왕이 법원 직원에게 말했다.

"마지막 음악회 때 출연한 가수들 명단을 가져오시오."

이 말에 불쌍한 모자 장수는 너무 심하게 덜덜 떨다가 신발이 다 벗겨졌다.

왕이 화를 내며 다시 다그쳤다.

"증언을 해, 안 하면 두려워하건 말건 너를 처형하겠다."

모자 장수가 떨리는 목소리로 말하기 시작했다.

"저는 불쌍한 사람입니다, 폐하. 차를 마시기 시작한 지

일주일이 채 안 돼서 (게다가 버터 바른 빵은 자꾸 얇아지고) 차는 차가워지고."

왕이 물었다.

"뭐가 차가워졌다고?"

모자 장수가 대답했다.

"차가 차가워졌다고 했습니다."

"당연히 차는 차지! 누굴 바보로 아나? 계속해!"

모자 장수가 계속했다.

"저는 불쌍한 사람입니다. 그리고 단지 3월의 토끼가 말을 하고 난 후 거의 모든 것들이 차가워졌고……."

3월의 토끼가 급히 끼어들었다.

"난 말하지 않았어!"

모자 장수가 말했다.

"했어!"

3월의 토끼가 말했다.

"난 안 했어요!"

왕이 말했다.

"안 했다니까 그 부분은 빼."

모자 장수가 동면 쥐도 부인할까 봐 걱정스럽게 둘러보며 계속했다.

"어쨌든, 동면 쥐가 말하기를"

하지만 동면 쥐는 금세 잠이 들어서 아무것도 부인하지 않았다.

모자 장수가 계속했다.

"그러고 나서, 제가 버터 바른 빵을 좀 잘랐는데"

배심원 하나가 물었다.

"동면 쥐가 뭐라고 말했는데요?"

모자 장수가 대답했다.

"그건 기억나지 않습니다."

왕이 지적했다.

"기억해야 해. 못하면 널 처형하겠다."

비참한 모자 장수가 찻잔과 버터 바른 빵을 떨어뜨리고 무릎 하나를 꿇으며 말했다.

"저는 불쌍한 사람입니다, 폐하."

왕이 말했다.

"불쌍할 정도로 말을 못하는 작자로군."

여기서 기니피그 한 마리가 환호했는데 법정 직원에게 바로 진압됐다. (진압이라는 말이 좀 심해서, 어떻게 했는지를 설명하겠다. 직원들은 입구를 줄로 묶는 커다란 천 가방에 기니피그를 머리부터 집어넣고는 깔고 앉았다.)

앨리스는 중얼거렸다.

"직접 봐서 다행이야. 신문에서 자주 봤는데, 재판 끝에

'박수를 치려는 시도가 있었으나 즉각 법정 직원에게 진압되었다.'라는 말이 무슨 뜻인지 이제야 이해할 수 있게 됐어."

왕이 말했다.

"그게 네가 아는 전부라면, 내려가도 좋다."

모자 장수가 말했다.

"더 내려갈 수 없습니다. 지금 바닥에 있거든요."

왕이 말했다.

"그러면 앉아도 좋다."

여기서 다른 기니피그가 환호하자 곧 제압됐다.

모자 장수가 겁먹은 눈으로 왕에게 말했다.

"저는 차를 마저 마셨으면 좋겠습니다."

"너는 가도 좋다."

왕의 말이 떨어지자, 모자 장수는 신발도 신지 못하고 급히 법정을 떠났다.

여왕이 법정 직원 한 명에게 덧붙였다.

"밖에서 저자의 목을 쳐라."

그러나 모자 장수는 법정 직원이 출입문에 가기도 전에 시야에서 사라졌다.

왕이 말했다.

"다음 증인을 불러라!"

다음 증인은 공작부인의 요리사였다. 그녀는 손에 후추 상자를 들고 왔는데, 그녀가 법정에 들어오기 전부터 문 가까이에 있던 사람들이 한꺼번에 재채기를 하기 시작했다.

왕이 말했다.

"증언을 해라."

요리사가 말했다.

"안 하겠습니다."

왕이 흰토끼를 초조하게 쳐다봤다. 토끼가 낮은 목소리로 말했다.

"이 증인은 폐하께서 반대 심문을 하셔야 합니다."

왕이 우울하게 말했다.

"그래, 내가 해야 한다면 해야지."

그러고는 팔짱 낀 팔을 풀고 눈이 거의 없어져 안 보일 정도로 요리사에게 인상을 쓰며 나지막하게 물었다.

"타르트는 무엇으로 만들지?"

요리사가 대답했다.

"주로 후추로 만듭니다."

요리사 뒤에서 졸린 목소리가 들렸다.

"당밀인데."

여왕이 빽 소리를 질렀다.

"저 동면 쥐를 잡아서, 목을 쳐라! 법정에서 쫓아내! 놈을 제압해! 꼬집어! 수염을 뽑아 버려!"

동면 쥐를 내쫓느라 몇 분간 법정이 온통 소란스러워졌다. 다시 정돈됐을 때는 이미 요리사는 사라지고 없었다.

"상관없어! 다음 증인을 불러라!"

왕은 목소리를 낮춰 여왕에게 덧붙였다.

"진짜, 여보, 다음 증인은 당신이 꼭 반대 심문을 해야 해. 내 골칫거리라고!"

앨리스는 흰토끼가 명단을 더듬는 것을 보며 다음 증인은 누굴까 매우 궁금해졌다.

흰토끼가 가느다란 목소리로 "앨리스!"라고 불렀을 때 앨리스가 얼마나 놀랐을지 상상해 보라.

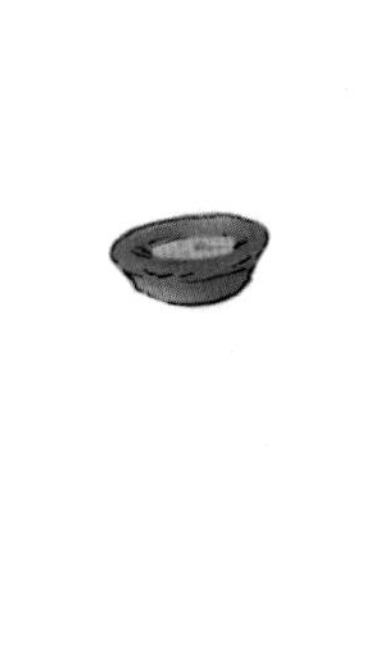

"진짜 이상한 꿈이네. 이제 차 마시러 어서 뛰어가렴, 늦겠어." 앨리스가 일어나 열심히 달리기 시작했다. 그리고 달리면서 자신이 꾼 꿈이 얼마나 멋진 꿈이었는지 생각했다.

12장

앨리스의 증언

"네!"

앨리스가 큰 소리로 대답했다. 앨리스는 지난 몇 분간 자신이 얼마나 커졌는지를 깜박 잊고 벌떡 일어서다 배심원석을 뒤집고 말았다. 배심원들이 아래쪽에 있던 방청객 머리 위로 떨어져 대자로 널브러진 모습을 보자니, 앨리스는 지난주에 실수로 엎은 금붕어 어항 생각이 났다.

"오, 용서해 주세요!"

앨리스는 너무 놀라 최대한 빨리 배심원들을 줍기 시작했다. 머릿속에 금붕어 사건이 계속 떠올라서 당장 그들을 모아서 다시 배심원석에 넣지 않으면 죽을지도 모른다는 생각이 들어서였다.

왕이 매우 심각하게 말했다.

"배심원 모두 제자리를 찾을 때까지 재판을 진행할 수가 없다. 거기에는 한 명의 예외도 없다."

왕은 앨리스를 잡아먹을 듯이 노려보며 마지막 말을 힘주어 되풀이했다.

배심원석에는 앨리스가 서두르다가 그만 도마뱀을 거꾸로 처박아서 불쌍한 도마뱀이 움직이지도 못하고 꼬리만 처량하게 흔들고 있는 게 보였다. 앨리스는 얼른 도마뱀을 꺼내 제 자리에 바로 놓고는 혼잣말을 했다.

"이건 별로 중요하지 않아. 어떻게 앉든 재판에는 크게 상관없잖아?"

배심원단이 뒤집혔던 충격에서 좀 회복되자마자, 석판과 연필을 찾아서 되돌려 주었고, 배심원들은 아주 열심히 사건의 전말을 적기 시작했다. 도마뱀만 예외였는데, 너무 진이 빠져서 입을 헤벌리고 천장만 보고 있었다.

왕이 앨리스에게 물었다.

"타르트 실종 사건에 대해서 네가 아는 게 무엇이냐?"

앨리스가 대답했다.

"아무것도 모릅니다."

왕이 다그쳤다.

"전혀? 아무것도?"

앨리스가 대답했다.

"전혀 아무것도 모릅니다."

왕이 배심원을 돌아보며 말했다.

"이건 매우 중요해."

배심원들이 이 말을 막 석판에 받아 적으려는데, 흰토끼가 끼어들었다.

"폐하의 말씀은 물론 안 중요하다는 뜻입니다."

흰토끼는 매우 정중하게 말했지만 왕을 보고 잔뜩 얼굴을 찡그렸다.

"물론 안 중요하다는 뜻이었지."

왕은 황급히 둘러대고는 마치 듣기에 어느 말이 나은지 시험해 보는 듯 낮게 혼잣말을 계속했다.

"중요한, 안 중요한, 안 중요한, 중요한"

어떤 배심원은 '중요한'이라고 적고, 어떤 배심원은 '안 중요한'이라고 적었다.

앨리스는 배심원들의 석판이 보일 정도로 가까이 있어서 이것을 볼 수 있었는데, 이런 생각이 들었다.

'하지만 그건 전혀 중요하지 않아.'

이때 자기 공책에 한동안 열심히 뭔가를 적고 있던 왕

이 소리쳤다.

"정숙!"

그러고는 법전을 낭독했다.

"규칙 42조. 키가 1,600미터 이상인 사람은 누구든지 법정에서 나가야 한다."

모두 앨리스를 쳐다봤다.

앨리스가 말했다.

"나는 1,600미터 아닌데요."

왕이 말했다.

"1,600미터야."

여왕이 덧붙였다.

"거의 3,200미터나 되잖아."

앨리스가 말했다.

"어쨌든 난 안 나가요. 게다가 그건 정식 규칙도 아니고 방금 당신이 만들어 낸 거잖아요."

왕이 말했다.

"그건 가장 오래된 규칙이야."

앨리스가 따졌다.

"그럼 제1조여야죠."

왕은 안색이 창백해지더니 얼른 공책을 닫았다. 그리고 낮고 떨리는 목소리로 배심원단에게 말했다.

"평결을 내리시오."

흰토끼가 펄쩍 뛰며 말했다.

"아직 증거가 더 있습니다, 폐하. 방금 이 종이를 주웠습니다."

여왕이 물었다.

"무슨 내용인데?"

흰토끼가 말했다.

"아직 안 열어봤지만 범인이 '누군가에게' 쓴 편지 같습니다."

왕이 말했다.

"그렇겠지. 받는 사람이 없다면 보통 편지가 아닐 거야."

배심원 한 명이 물었다.

"받는 사람이 누구인가요?"

흰토끼가 말했다.

"없어요. 봉투에는 실제로 아무것도 안 쓰여 있어요."

토끼는 말을 하면서 종이를 펼치고 덧붙였다.

"이건 편지가 아니라 시 한 편입니다."

다른 배심원이 물었다.

"범인의 글씨가 아닙니까?"

흰토끼가 대답했다.

"네, 아닙니다. 그게 가장 이상한 점입니다." (배심원들은 전부 어리둥절해 보였다.)

왕이 말했다.

"다른 사람 글씨체를 흉내 냈겠지." (배심원 전원의 얼굴이 다시 밝아졌다.)

잭이 말했다.

"폐하, 저는 쓰지 않았습니다. 제가 썼다는 증거도 없습니다. 그 시 마지막에 제 서명이 없어요."

왕이 말했다.

"네가 서명을 안 했다면 네게 더 불리할 뿐이야. 무슨 나쁜 의도가 있지 않았다면 정직한 사람처럼 서명을 했을 거야."

이 말에 많은 박수가 나왔다. 그날 처음으로 왕의 입에서 똑똑한 말이 나온 것이다.

여왕이 말했다.

"그것으로 그의 죄가 입증됐네요."

앨리스가 반박했다.

"그건 전혀 증거가 될 수 없어요! 그게 무슨 내용인지도 모르잖아요!"

왕이 명령했다.

"그 시를 낭독하라."

흰토끼가 안경을 쓰고 물었다.

"어디서부터 읽을까요, 폐하?"

왕이 심각하게 말했다.

"처음부터 시작해서 끝까지 계속한 다음 멈춰라."

흰토끼는 시를 읽어 내려갔다.

사람들 말이, 당신이 그녀에게 갔었다고 했지,
그리고 그에게 내 이야기를 한 적이 있다던데,
그녀는 내가 성격이 좋다고 했지만
수영은 못한다고 했지.

그는 내가 안 갔다는 말을 그들에게 전했지
(우리는 그게 사실이라는 걸 알아)
그런데 그녀가 문제를 파고들면,
넌 어떻게 될까?

나는 그녀에게 한 개를 줬고,
그들은 그에게 두 개를 줬고,
너는 우리에게 서너 개를 줬지.
그것들은 원래 내 것이었지만,
그것들은 전부 그로부터 네게 돌아왔지.

나나 그녀가 혹시 이 일에
엮이게 되면,
그는 네가 그들을 풀어 주리라 믿지,
우리가 꼭 그랬던 것처럼.

내 생각에 너는
(그녀가 이렇게 화를 내기 하기 전에는)
그와 우리들과 그것 사이를 가로막는
장애물이었지.

그녀가 그들을 가장 좋아하는 걸 눈치채지 못하게 해.
이것은 아무도 모르게 너와 나만의
비밀로 지켜져야 하니까.

왕이 손을 비비며 말했다.

"지금까지 들은 것 중 가장 중요한 증언이군. 이제 배심원들이,"

그때 앨리스가 끼어들었다. (이후 몇 분간 앨리스의 키가 얼마나 많이 커졌던지, 왕이 말하는데 끼어드는 것이 하나도 두렵지 않았다.)

"배심원 누구든지 이 시를 설명할 수 있다면, 내가 그에게 6펜스를 주겠어요. 그 시에는 아무런 의미도 없다고요.”

배심원들은 모두 석판에 적었다.

“저 애는 그 시에 아무런 의미도 없다고 한다.”

그러나 그 시를 설명하겠다고 하는 배심원은 한 명도 없었다.

왕이 말했다.

“거기에 아무 의미가 없다면 뭔가를 찾아내려고 애쓸 필요도 없으니 잘된 일이야. 헌데 모르지.”

왕이 시를 자기 무릎 위에 펼치고 한쪽 눈으로 들여다보며 계속했다.

“내가 보기엔 그래도 그 안에 어떤 의미가 있는 것 같아. ‘내가 수영을 못 한다고 말했지.’”

왕이 잭을 돌아다보며 덧붙였다.

“너는 수영을 못하지, 그렇지?”

잭은 슬프게 고개를 저었다.

“제가 그렇게 보입니까?” (그는 온몸이 두꺼운 종이로 만들어졌으니 분명 그렇게 보이지 않았다.)

“거기까진 괜찮아.”

왕이 말하고는 다시 혼자 시를 중얼거렸다.

“‘우리는 그게 사실이라는 걸 알아.’-그건 물론 배심원이야. ‘나는 그녀에게 한 개를 줬고, 그들은 그에게 두 개를 줬고'-이건 그가 타르트를 그랬다는 거겠지."

앨리스가 말했다.

"하지만, '그것들은 전부 그로부터 네게 돌아왔지.'라고 뒤에 나와요."

왕이 탁자 위의 타르트들을 가리키며 의기양양하게 말했다.

"저기 정말 타르트가 있군! 저보다 더 확실한 건 없어. 그러면 '그녀가 이렇게 화를 내기 하기 전에는'"

왕이 여왕에게 물었다.

"여보, 당신은 절대로 화를 안 내잖아?"

"절대 안 내죠!"

여왕은 불같이 화를 내며 도마뱀에게 잉크병을 던졌다. (운 나쁜 도마뱀 빌은 손가락으로 쓰는 게 아무 흔적도 남지 않아서 쓰기를 포기하고 있다가, 얼굴에 튀어 흘러내리는 잉크를 찍어서 다시 쓰기 시작했다.)

"그럼 이것도 당신한테 안 맞는 말이군."

왕이 미소 지으며 법정을 둘러보며 말했다. 모두들 쥐 죽은 듯 조용했다.

"말장난이야!"

왕이 화난 목소리로 덧붙이자 모두 웃음을 터뜨렸다. 왕은 그날 적어도 스무 번은 한 말을 또 했다.

"배심원은 평결을 내리시오."

여왕이 말했다.

"안 돼, 안 돼! 선고부터 내리고. 평결은 나중에 내려야 해."

앨리스가 크게 말했다.

"말도 안 돼! 평결도 내리기 전에 선고부터 하다니!"

여왕이 얼굴을 불그락푸르락 하며 외쳤다.

"입 닥쳐!"

앨리스도 지지 않고 대답했다.

"싫어요!"

"저 애의 목을 쳐라!"

여왕이 고래고래 소리를 질렀다. 하지만 아무도 움직이지 않았다.

앨리스가 말했다. (이제 앨리스는 원래 자신의 키로 완전히 돌아와 있었다.)

"누가 무서워할 줄 알고? 너희들은 카드 한 벌일 뿐이야!"

이 말에 카드 한 벌이 모두 공중으로 날아오르더니 앨리스를 향해 떨어져 내렸다. 앨리스는 두렵기도 하고 화가 나기도 해서 비명을 지르며 카드들을 물리치려고 했다. 그런데 한순간 앞이 깜깜해졌다. 깨어나 보니 언니 무릎을 베고 강둑에 누워 있었다. 언니가 머리 위 나무에서 앨리스의 얼굴로 떨어진 낙엽들을 가만히 쓸어내리며 말했다.

"일어나, 앨리스! 정말 오래도 자는구나."

앨리스가 말했다.

"언니, 나 정말 이상한 꿈을 꿨어!"

앨리스는 기억할 수 있는 한 여러분이 방금 읽은 이상한 모험을 전부 언니에게 이야기해 주었다. 이야기를 마치자 언니는 앨리스의 머리를 쓰다듬으며 말했다.

"진짜 이상한 꿈이네. 이제 차 마시러 어서 뛰어가렴, 늦겠어."

앨리스가 일어나 열심히 달리기 시작했다. 그리고 달리면서 자신이 꾼 꿈이 얼마나 멋진 꿈이었는지 생각했다.

그러나 언니는 앨리스가 떠난 뒤에도 가만히 턱을 괴고, 지는 해를 바라보았다. 그리고 어린 앨리스와 앨리스의 멋진 모험들을 생각하다 점점 자신의 꿈속으로 빠져들었다.

흰토끼가 서둘러 지나갈 때 키 큰 풀이 바스락거리고(겁에 질린 쥐가 옆 웅덩이로 첨벙거리며 가고) 모자 장수와 그의 친구들이 끝도 없는 다과회를 하며 내는 찻잔 달그락거리는 소리, 그리고 여왕이 불운한 손님들을 처형하라고 명령하는 날카로운 목소리가 들려왔다. 공작부인 무릎에서 돼지 아기가 재채기를 하고 있는데 주변에는 접시와 그릇들이 날아와 깨졌다. 그리핀의 비명소리, 도마뱀이 석판에 연필로 쓸 때 나는 끽끽 소리, 진압된 기니피그의 캑캑거리는 소리가 멀리서 들리는 불쌍한 가짜 거북의 흐느낌과 섞여 주위에 가득 찼다.

그래서 언니는 자신이 다시 눈을 뜨면 모든 것이 시시한 현실로 변할 거라는 걸 알면서도, 눈을 감고 자신이 이상한 나라에 있다고 믿었다. 풀은 바람에 바스락거리는 것이고, 웅덩이는 춤추는 갈대에 파문이 이는 것이다. 찻잔이 쨍그랑거리는 소리는 양떼 목 방울이 딸랑거리는 소리로 변할 것이다. 여왕의 날카로운 목소리는 목동의 목소리로, 아기의 재채기와 그리핀의 비명소리, 그리고 다른 모든 이상한 소리들은 농장 마당의 바쁜 소리로 바뀔 터였다. 멀리서 들리는 소떼의 울음소리가 가짜 거북의 슬픈 흐느낌을 대신할 것이다.

마지막으로 앨리스의 언니는 어린 여동생이 어떤 어른으로 자랄지 상상해 보았다. 나이가 들어도 어린 시절의 그 순진하고 사랑스러운 마음을 어떻게 간직할지, 아이들을 자기 주위에 모아서 오래전 이상한 나라에서 겪었던 꿈같은 이야기를 들려주며 그 아이들로 하여금 눈을 반짝

이며 집중하게 할지를 생각했다. 그래서 앨리스가 자신의 어린 시절, 행복했던 여름날들을 기억하며 아이들의 순수한 슬픔을 함께 느끼고 해맑은 기쁨 속에서 어떻게 즐거움을 찾을까 그려 보았다.

루이스 캐럴 글

1832년 영국의 체셔 데어스버리에서 태어났습니다. 루이스 캐럴은 필명으로, 본명은 찰스 루트위지 도지슨입니다. 캐럴은 어린 시절부터 말장난과 수수께끼에 관심이 많아 형제자매들과 놀기 위해 수수께끼 게임을 고안해 냈습니다. 수학에도 재능이 있어 옥스퍼드 대학에서 수학을 전공했으며, 이후 이 대학 수학 교수로 근무했습니다. 저서로는 1865년에 정식 출간된《이상한 나라의 앨리스》와 그 속편인《거울나라의 앨리스》, 장편 소설《실비와 브루노》 등이 있습니다.

살구(Salgoo) 그림

그림을 그리는 사람으로서 익숙한 것을 저만의 그림체와 분위기로 표현해 내는 작업은 항상 즐겁습니다.
어릴 적부터 책으로도 영화로도 즐겨 보았던《이상한 나라의 앨리스》. 이 작품에 제가 직접 그림을 그리고 또 그 작업이 책으로 출간되어 설레고 들뜬 마음입니다. 그림을 그리면서 자세히 들여다 본《이상한 나라의 앨리스》는 익숙하면서도 낯설었습니다. 그래서 앨리스의 손을 잡고 이상한 나라를 여행하는 기분으로 그렸습니다.

보탬 옮김

번역가, 헤드헌터, 그리고 영어 교사로 활동해 온 엄마들 김영미, 한숙형이 함께하고 있습니다. 영어와 프랑스어를 중심으로 어린이와 청소년을 위한 책을 기획하며 우리말로 옮기는 일을 합니다. 번역한 책으로는《제레미 핑크, 비밀 상자를 열어라》《양 헤는 밤》《열아홉의 프리킥》《배리 루저》《나는 버텨낼 거야》 등이 있습니다.